E. Falk
FRANZ

Herausgegeben von Heinz Hartwig

E. Falk

# FRANZ

Leykam

Druck: TheissDruck, Wolfsberg
ISBN 3-7011-7358-3

# FRANZ, DER DURCHSCHNITTSMENSCH

„Lange Zeit ist niemand auf den Gedanken gekommen, sich mit einem derart durchschnittlichen Menschen besonders zu befassen.“ So beginnt E. Falks neuer Text, der nahtlos an seine hintergründige „Moosbrüstlergeschichte“ anschließt. Wäre man, auf den ersten Blick, geneigt zu sagen. Aber da steckt mehr dahinter. Die ironische Lockerheit des Autors Falk ist in dieser neuen Geschichte einer mehr als ironischen Lebensbetrachtung, vielleicht sogar Lebensweisheit gewichen, einer Betrachtung, die manchmal auch ein bißchen ins Pessimistische wechselt.

Wer ist eigentlich dieser Franz?
Ist er ein später Nachfolger des legendären „Herrn Karl“?
Ist er der „Typische Österreicher“ der Nachkriegsgeneration?
Ist er das oft und oft mehr oder weniger klischeehaft bezeichnete Familienoberhaupt, wie wir es in den Fernsehserien „Mundl“ oder „Kaisermühlen-Blues“ etc. vorgesetzt bekommen?
Oder ist er nur der österreichische Beamte mit seiner Normfamilie?

Franz ist all das und er ist doch mehr:
weil er alles das ist, ist er unzufrieden und resigniert,
weil er alles das ist, leidet er an der „Unerträglichkeit des Alltäglichen“ und
weil er alles das ist, hofft er wenigstens manchmal noch auf eine Veränderung seines vorprogrammierten Lebens.

Franz weiß, daß das Leben nur aus zwei Teilen besteht:

„Aus dem Verlangen und aus der Flucht vor dem Verlangen". Er weiß auch, daß er, der Durchschnittsmensch mit seiner Durchschnittsfamilie, der Wirklichkeit nicht entfliehen kann. Da hilft auch ein Urlaub in Italien nichts, da hilft es auch nichts, wenn Franz vom Verlangen nach Abwechslung, nach Neuem, und sei es „nur" eine neue Frau, geplagt wird. Die Normalität des Lebens, das heißt die Lebenumstände zwingen ihn, das zu bleiben, was er ist, und dort zu bleiben, wo er ist: nämlich zu Hause, in Graz, Österreich, im vertrauten, verschlafenen Ambiente. Und so muß Franz erkennen, daß trotz mancher Umwege und Fluchtversuche alles beim Alten bleibt.

Das wäre also das Ende der Geschichte von Franz.
Aber da gibt es noch den Autor E. Falk, und der nimmt Franz nur als Vorwand oder als Musterbeispiel, um uns zu zeigen, daß es eine andere Möglichkeit gibt.
Man muß sie nur suchen, und wer E. Falks Geschichte genau liest, der findet sie auch.

Heinz Hartwig

## FRANZ

Herr Franz hat sich sehr selten auffällig benommen. Lange Zeit ist niemand auf den Gedanken gekommen, sich mit einem derartig durchschnittlichen Menschen besonders zu befassen. Wenn man ihm selbst erzählt hätte, wohin ihn sein Leben noch führt, hätte er unwillig den Kopf geschüttelt.

Niemals hätte er zugestimmt, wenn man ihn der unglaublichen Dinge für fähig bezeichnet hätte. Zu sehr hatte er sich mit dem Spott für jene Menschen gewappnet, die Einzelheiten ihres Lebens so wichtig nehmen, daß sie das Ganze aufs Spiel setzen.

Nie wagte er zuzugeben, daß ihn die Unerträglichkeit des Alltäglichen gelegentlich an den Rand eines gedanklichen Abgrunds treibt. Vielleicht war er gerade deshalb nicht auf den Anblick des Abgrunds vorbereitet.

Vögel scheinen es besonders zu genießen, wenn sie sich über Klippen am Meer oder Felsenränder in den Alpen hinausschwingen und plötzlich ein Übermaß an Freiheit unter sich bemerken. Einen Moment lang bewegen sie nicht die kleinste Spitze ihrer Flügel und ergeben sich dem Genuß des höchsten Erlebens im Moment der geringsten Anstrengung.

Franz war in einem Geist erzogen worden, in dem einzig die Verbindung zwischen bedingungslosem Bemühen und niemals völligem Erreichen zulässig war. Als seine eigenen wirtschaftlichen Verhältnisse längst die Situation seiner Eltern während des Aufbaus nach dem Krieg übertroffen hatten, hielt er noch immer an dem zähen Ringen um Anerkennung fest. Die Anerkennung bemerkte er in

Blicken und Bemerkungen aus seiner Umgebung. Seine Umgebung waren Bekannte. Eine Freundschaft war seinem anonymen Aufbaustreben von Kindheit an als Gefahr gegenüber gestellt worden.

Wer sich den Luxus von Freunden leistet, ist bereit, seine Zeit mit diesen zum Müßiggang Bereiten zu verschwenden. Das mühsam Erreichte wird in kürzester Zeit verschwendet und was läge näher, als einer gnadenlosen Ausnutzung durch diese Individuen zum Opfer zu fallen. Franz hatte diese Regeln nicht nur als Empfehlungen erfahren, sie waren das gelebte Bekenntnis seiner Eltern. Warum er sich im Lauf seines eigenen Lebens so wenig von diesen verhaßten Beschränkungen gelöst hatte, wußte er selbst nicht zu erklären.

Im Grunde wollte er seine Fähigkeit beweisen, Gleiches wie seine Eltern zustande zu bringen. Warum er sich schließlich mit dem erreichten Grad der Ähnlichkeit nicht zufrieden gab, ist niemals verständlich geworden.

## DER EXKURS ÜBER DIE ZUGVÖGEL

Franz sitzt nach Dienstschluß vor der Villa auf einer Bank und trinkt sein Bier. Wenn er sein Bier trinkt, wird er nachdenklich. Seine Frau sagt, trink nur kein zweites Bier, sonst geht das mit den Zugvögeln wieder los. Seine Frau mag über Tiere nicht reden. Franz benutzt die Tiere für Gedanken über den Menschen. Franz hat so viele Filme gesehen, daß er sich längst als Experte fühlt.

Warum erklärst du es mir nicht, wenn du schon alles weißt, fragt die Frau.
Was ich weiß, kann mir keiner nehmen.
Niemand will dir etwas nehmen.
Franz braust auf. Alle wollen einem was wegnehmen. Das bemerkst du nicht einmal in deiner Beschränktheit. Das ist der Kampf ums Überleben, haben sie gesagt. Das treibt den Menschen immer vorwärts.

Nach der allgemeinen Einleitung beginnt Franz mit dem Exkurs über die Zugvögel. Die Zugvögel finden ihren Weg über ganze Kontinente. Die Wale schwimmen Tausende Kilometer, bevor sie ihre Jungen bekommen. Die Lachse. Die Aale. Nicht zu vergessen die Brieftauben. Wer sagt denen, wohin sie fliegen müssen?

Die Frau weiß es nicht.

Franz genießt die ratlose Stille. Wer sagt es ihnen?

Niemand sagt es ihnen. Sie haben den Weg eingeprägt in irgend einer winzigen Karte.

Bist du sicher?

Franz seufzt. Wenn ich es sage, stimmt es. Die Tiere entscheiden nichts. Was das Programm vorsieht, wird gemacht. Da ist kein Unterschied zum Menschen. Der Mensch ist auch programmiert. Er wacht auf und ißt. Er fährt in die Arbeit und freut sich, daß er ein Auto hat. Der Beruf ist der Kampf ums Überleben. Wer überlebt, fährt später nach Hause und trinkt sein Bier nach dem Essen. Im Fernsehen zeigen sie ihm dann die paar hübschen Frauen, die ihm seine Umgebung vorenthalten hat. Und was ist das Besondere an diesem Programm beim Menschen? - Das Besondere an diesem Programm ist die Auswahl. Der Mensch sucht sich die Automarke aus. Der Mensch trinkt nicht irgend ein Bier. Er trinkt sein Lieblingsbier. Er wählt den Sender mit dem Sport oder den Sender mit der Busenshow. Das unterscheidet den Menschen vom Tier.

Franz unterbricht den Exkurs über die Zugvögel, als er feststellt, daß seine Frau inzwischen ins Haus gegangen ist.

## EINIGES ÜBER WAHRHEITEN

Ein Berg braucht einen Gipfel und eine Familie braucht ein Oberhaupt. Franz ist das Oberhaupt der Familie. Seine Frau Hildegard weiß, daß sie ihm diese Stellung von Zeit zu Zeit bestätigen muß.

Unserem Oberhaupt mußt du den Kaffee zuerst servieren, sagt sie zu ihrer Tochter. Die Tochter schneidet ein Gesicht und serviert den Kaffee. Einmal hat sie ihm den Kaffee auf die Hose geleert.

Mit Absicht, sagt Franz. Seit damals hält er die Stoffserviette schützend über sein Körperzentrum, wenn er den Kaffee zuerst serviert bekommt.

Respekt verdient nur einer, der es zu etwas gebracht hat. Franz legt Wert darauf, daß seine Wohnung standesgemäß genannt wird. Seine Adresse in der Allee nennt er mit Stolz. Es macht ihm nichts aus, daß viele seiner Bekannten in dem Irrtum verbleiben, die Villa in der Schubertstraße würde ihm gehören.

Sein älterer Sohn wird die Matura machen und danach studieren. Seine Tochter ist hübsch und wird nicht allzu früh einen Mann aus bestem Haus heiraten. Der Jüngste hat das Geschäftliche im Blut. Er hat recht, wenn er der Schule mißtraut. Franz selbst hat der Beurteilung seiner Leistungen durch die Lehrer immer mißtraut. Wenn es nach den Lehrern gegangen wäre, hätte er bestenfalls die Hilfsarbeiterlaufbahn einschlagen dürfen. Den Oberklugen zum Trotz, sagt er, bin ich das geworden, was ich heute bin.

Er ist Meister des Stadtgartenamtes. Er hat ein Heer von Gärtnern unter sich. Er wird vom zuständigen Stadtrat immer wieder aufgemuntert, von seinem Weg der Strenge keinesfalls abzuweichen. Franz schwillt das Hirn, wenn er diese Aufmunterung hört. Sein Körperzentrum zieht sich zusammen. Über den Rücken huscht ein wunderbarer Schauer. Franz ist dem Ritt auf den Flügeln der Macht in diesen Momenten vollkommen verfallen.

Franz kennt alle Winkel der Stadt. Sein Einfallsreichtum wird bewundert. Er läßt an jenen Stellen Blumen pflanzen, wo wenig später Grabungsarbeiten beginnen sollen. Seine Pflanztröge behindern die Zufahrt zu gewissen Geschäften, während sie den Anblick anderer verschönen. Seine Bäume spenden Gastgärten Schatten und nehmen die Aussicht von den benachbarten Fenstern. Franz teilt die Stadt in Gönner und Feinde. Seine Tätigkeit ist durch und durch politisch. Wer Franz nicht die ihm gebührende Anerkennung entgegenbringt, ist augenblicklich sein Feind. Franz zum Feind zu haben, ist ein Ausblick in die Vorhölle. In dieser Vorhölle sind die Flammen durch wild wuchernde Pflanzen in massiven Betontrögen ersetzt worden. Es trifft sich gut, daß der Stadtgartenmeister Franz die Feinde des Stadtrates in seine besondere Behandlung bereitwillig einschließt. Wenn wir das noch länger durchhalten, sagt der Stadtrat, wird uns der Gegner das Grabungsressort überlassen. Ihre Tätigkeit ist hochpolitisch, hat der Herr Stadtrat immer wieder betont.

In den ersten Jahren wünscht sich Herr Franz eine Weihnachtsfeier oder einen Betriebsausflug am Ende jeden Monats. Er genießt es, von den hochgestellten Vorgesetzten erwähnt zu werden.

Die Autoritäten verströmen einen gewissen Glanz, in dem sich die Auserwählten sonnen dürfen. Einige Jahre lang war Franz ein treuer Diener seiner Herren. Er hat niemals über die Kompetenz von gewählten Volksvertretern nachgedacht. Sein Verständnis für den Lauf der Dinge hat die

bedingungslose Zustimmung zu den Gedanken der Auserwählten unterstützt. An der Befähigung zur Lenkung des Volkes auf der Basis von fixen Naturgesetzen hat Franz niemals gezweifelt.
Ein Fundament wie das Prinzip der Zugvögel darf nicht versagen. Franz benötigt sehr deutliche Gegenbeweise, wenn er tatsächlich den Glauben an das natürlich Starke und Überlegene aufgeben sollte.

Die souveränen Äußerungen des Gemeinderates durften sich lange Zeit jenseits aller Vernunft bewegen, bevor der Herr Franz seine Bewunderung einzuschränken begann. Der Herr Stadtgartenmeister Franz hat in seiner Enttäuschung über die Unzulänglichkeit seines Vorgesetzten zu erkennen gemeint, daß er die Entscheidungen über das tatsächliche Aussehen der Stadt ganz gut selbst treffen kann. Seit sich der Stadtrat anläßlich eines offiziellen Spaziergangs durch den herbstlichen Stadtwald die Blöße erlaubt hat, Fichten von Föhren nur in fünfzig Prozent der Versuche unterscheiden zu können, hat sein Vertrauen auf den in allen Anordnungen enthaltenen Sinn gelitten.

Fünfzig Prozent, stellt Franz fest, ist in dem Fall weniger als die Hälfte.

Der anschließende Besuch beim Kirchenwirt und die Erlaubnis des Stadtrats, in dessen privatem Garten die Wirkung einer von Herrn Franz eigenhändig aus den Beständen des Magistrats ausgewählten Rhododendrongruppe zur Entfaltung bringen zu dürfen, konnten die einmal geborenen Zweifel nicht mehr beseitigen. Der Stadtrat ist in den Verdacht gekommen, einfach das Teuerste für seinen eigenen Garten gewählt zu haben.

Seither beginnt der Herr Franz jeden Tag mit einem Bericht über die politische Gewalt, die seiner Beamtenehre angetan wird. Der Stadtrat, sein oberster Vorgesetzter, sein Gönner und Förderer, hat ihm die Versetzung städtischer Pflanzen in seinen Privatgarten vorgeschlagen. Franz bebt vor Zorn, weil er nicht weiß, wie er sich im entscheidenden Moment verhalten soll.

Die Kinder lachen. Der Papa hat alles nur keine Courage. Dazu können die Kinder lachen.

Die Entfernung von stadtgarteneigenen Rhododendrensträuchern ist eine Entwendung von Allgemeingut, eine des korrupten politischen Gegners würdige Verfehlung. Herr Franz übt im Geist für das nächste Zusammentreffen mit seinem Stadtrat, in dem dieser das Versetzen der Sträucher scharf urgieren wird.

Herr Franz muß dauernd an die Kinder denken. Während er zu seiner Klage ansetzt, zieht der Stadtrat sein Telefon aus der Rocktasche und beginnt zu wählen. Seine Ignoranz gegenüber technischen Geräten schmälert deren Erfolg. Er wählt mehrmals ohne Erfolg und verbeißt sich in die Bedienung des piepsenden Geräts.

So geht das nicht mit den Rhododendren, beginnt Franz nochmals, sie selbst, Herr Stadtrat, haben die willkürliche Versetzung als Regierungsmittel abgelehnt.

Warum immer so verschlüsselt, haben ihn die Kinder mehrmals gefragt. Warum sagst du es ihm nicht ganz deutlich ins Gesicht? Die Kinder mischen sich überall ein.

Einen Scheißdreck werden wir mit den Rhododendren. Die kommen an ihren Platz über der Tiefgarage.

Herr Franz verbessert sich in der Gewißheit, daß die Töne des Handtelefons sein Murmeln übertroffen haben. Die verdammten Sträucher bleiben da. Verdammt noch einmal verdammt. Für einen blindwütigen Naturverdreher, für einen unwürdigen Angeber mit fremdem Schmuck, ist eine Brennessel noch zu schade.

Sollte keiner glauben, Herr Franz hätte keine Courage.

Der Meister Franz hat sich in einen Wirbel hineingedacht. Während der Stadtrat über sein Telefon knappe Anordnungen trifft, dehnen sich die Nerven des Herrn Franz auf mehr als die doppelte Länge. Wie sehr wünscht er sich, einmal im Leben eine unerwartete Änderung zustande zu bringen.

Der Herr Stadtrat ist von einer Mischung aus Erkennen und Vorbeugung dieses Wunsches am frühen Morgen in die Verteilerstelle des Stadtgartenamtes geeilt. Nach dem Spaziergang durch den Stadtwald und der unendlichen Verwechslung von Nadelbäumen ist ihm trotz seiner sieben Viertel Weißwein beim Kirchenwirt die ungünstige Wirkung seiner Äußerungen auf die Anhänglichkeit des Herrn Franz aufgefallen.

Schließlich erzählt er an anderer Stelle gern, wie er sich den treuen Gefolgsmann Franz aus der Gosse geholt und zu seinem braven Waffenbruder herangeschmiedet hat. Wörtlich.

Jedenfalls ist er rechtzeitig an der rechten Stelle und hält den Meister Franz bei der Stange, noch bevor die Lieferwagen beladen und die Pflanzgruppen eingeteilt sind. Noch bevor ihm der Meister Franz das aufgeklappte Taschenmesser der erkennenden Rache zwischen die durchscheinenden Rippen seiner Moral rammt.

Ein Mann wie sie, Herr Franz, ist auf sich allein gestellt. Einen Fachmann von ihrer Größe und ihrer Einsatzbereitschaft braucht die Stadt mehr als alles andere.

Er klopft ihm mit seiner verfetteten Riesenpranke, dieser

morgendlich zittrigen Knackwurstsammlung, auf den strammen Rücken. Auf sich allein sind sie gestellt, mein Freund. Und darauf dürfen sie stolz sein. Und die Rhododendren kommen in meinen Garten, je eher desto besser. Auf der Tiefgarage machen sich ein paar Salvien auch sehr gut.

Franz setzt schon an, Luft zu holen für die große Anschuldigung, das Messer klappt in seinem Sack auf , daß es nur so zischt, als der Stadtrat breit lächelnd fortfährt. Eine neue Mitarbeiterin habe ich ihnen zugeteilt, Herr Franz. Selbst ausgesucht, sage ich ihnen. Der Stadtrat macht mehrere obszöne Gesten mit mehreren Körperteilen. Nachher können sie das freche Stück hinausschmeißen, wenn sie wollen.

Franz fühlt sofort die Größe dieses Moments.

Vor der klischeehaften Stadträtigkeit kapituliert der klischeehafte Gartenmeister. Alles ist, wie es sowieso sein muß. Nichts ist jemals schöner in Ordnung gewesen. Befriedigt verabschiedet sich der Stadtrat in Richtung seines Stammlokals für informelle politische Vormittage.

Der Stadtrat freut sich, weil er ein derart brillanter Problemlöser ist.

Herr Franz weiß, er ist auf sich allein gestellt. In seinem Kampf gegen die Kräfte des Bösen ist die Anlage zum Heldentum nicht zu verkennen. Niemand kann ihm die Last der Entscheidung abnehmen, wer sich der Stadtverschönerung möglicherweise in den Weg stellen könnte. Herr Franz muß sich oft Respekt verschaffen. Vor allen anderen Dingen ist ihm die Erwähnung seiner Alleinigkeit durch den Vorgesetzten in Erinnerung geblieben. Allein und mit einer verlockenden Andeutung versehen, hat ihn der Stadtrat einem abenteuerlichen Schicksal in die offenen Arme getrieben.

Die Erscheinung des Abenteurers Franz ist geistiger Natur. Die Wichtigkeit seines Amtes strahlt durch jeden Anzugstoff, sagt er, wenn er besonders hoch fliegt über den Niederungen der Realität. Selbst wenn in der Auswahl seiner Bekleidung die Tatsachen mit den hohen Absichten nicht mithalten können, bringt er sich zur verdienten Geltung. Er ist von mittlerer Körpergröße, seine Bewegungen lassen die Geschmeidigkeit eines Panthers vermissen. Warum die Frauen an einem Mann überhaupt Interesse finden, ist für ihn von jeher ein Rätsel. Immer hätte er ein Verführer sein wollen. Er ist ein großer Bewunderer gezielter Eroberungen. Wenn ihm ein Herz zugeflogen war, geschah es aus Zufall. Manchmal schien es nach wenigen Worten, daß sich die Damen über ihren eigenen Irrtum wunderten. Wie konnte ihnen verborgen bleiben, daß das männliche Maul eine stinkende Höhle ist, die Haare Abfall, der ganze Körper von einer dauernden Hautabschuppung bedeckt. Alles dient dem Verbrauch, jede Öffnung der Ausscheidung, die kleinste Pore dem Vergehen. Eine grenzenlose Blindheit ist erforderlich, um sich in einen derartigen Affenkörper zu verlieben. Streng genommen muß diese Frau sich ihrer eigenen niedrigsten Natur bewußt sein, wenn sie es mit einem Mann länger als fünf Minuten im selben Zimmer aushält. Herr Franz macht sich nichts vor. Seine Wirkung auf Frauen ist erst mit dem Erlangen der Meisterwürde auf ein erträgliches Niveau gestiegen.

Der Stadtgartenmeister Franz ist geneigt, Respekt seinem Amt gegenüber als eine Art von persönlicher Hochschätzung auszulegen. Er mag Worte wie Hochschätzung. Er ist sich oft sicher, daß sich Frauen in ihn spontan verlieben, wenn sie ihn bei der Beaufsichtigung der Pflanzarbeiten beobachten. Sie verharren länger, als es das Interesse für die Rabatten rechtfertigen würde.

Umso beunruhigender ist die Weigerung der vom Stadtrat eigens ihm zur besonderen Begünstigung beigestellten Salvienpflanzerin, die Unterhaltung über ihre fixe Anstellung im Schutz eines Ligusterdickichts fortzuführen. Inmitten eines von allen Seiten einsehbaren Rundbeetes will sie eine Entscheidung erflehen.
Beteuerungen sind nichts, sagt Meister Franz, Taten der Liebe hat schon der Herr verlangt.
Die Salvienpflanzerin besteht darauf, ihre Arbeit mit den Salvien voller Liebe durchgeführt zu haben.
Die übrigen Pflanzerinnen zwinkern ihr zu. Der Meister Franz ist ein Heimlicher, sagt die Mutigste leise. Der Meister Franz hört es und fühlt sich verstanden. Warum kann dieses Mädchen mit den Salvien in beiden Händen nicht verstehen. Sie spricht gut deutsch. Ihr Blick ist aufgeweckt. Sie legt die Salvien beiseite. Sie ist mehr als nur durchschnittlich hübsch. Jeder anderen hätte er längst den Rücken gekehrt. Viel zu lange steht er schon da und läßt ihr den Vorteil, den entscheidenden Schritt zu tun. Sie nähert sich, damit die übrigen Arbeiterinnen nicht hören können, was sie sagt.

Wenn die Kuh nicht will, bin ich schön angeschmiert, sagt der Meister Franz sehr leise. Die Kuh will nicht, klingt es in seinem Kopf dröhnend nach.

In einer Woche fahre ich nach Hause, sagt sie. Die Adresse sei auf das Einwickelpapier geschrieben, das hinter ihm zerknüllt auf dem Boden liege.
Meister Franz spürt, es ist alles eine Lüge. Trotzdem bestätigt er die fixe Anstellung. Viel zu schnell ist ihm alles gegangen. Er hält ein Papier in seinen Händen, auf

dem eine ausländische Adresse steht. Es ist ein Hotel im Süden. Ein Hotel im Ausland. Was für ein Wahnsinn, nur einen Gedanken an dieses Hotel zu verschwenden. Er spürt ganz genau, wohin ihn diese Geschichte führen könnte. Der Meister Franz ist nicht auf den Kopf gefallen. Bei diesen Geschichten ist jeder Ausgang möglich. Ein Mann allein kann niemals durch die Wirrnisse des Lebens finden.

Herrn Franz beginnt das Gehirn zu dampfen. Wenn er diese ausgesprochen hübsche Frau einfach weggeschickt hätte, wäre er jetzt der üblicherweise stolze Stadtgartenmeister Franz. Weil er sie nicht weggeschickt hat, sitzt er jetzt mit einem völlig glatt gepreßten Stück Einwickelpapier auf den Knien in seinem Wagen und denkt fieberhaft nach.

Sein Amt hat Einfluß mit sich gebracht. Gefälligkeiten von einflußreichen Personen sind ein Entgegenkommen wert. Herr Franz hat sich längst die Reime gemacht. Die Blumentröge an den rechten Stellen garantieren einen ansehnlichen Nebenverdienst. Das Zögern bei der Einstellung von Personal hat ihm mehrmals die Zuneigung verständiger weiblicher Menschen eingebracht. Wie oft hätte er eine aufregende Zeit inmitten all der dichten Büsche verbringen können.

Mir reicht die Gewißheit, daß ich sie haben kann. Herr Franz weiß nicht, ob er in diese Erlebnisse nur hineinsteuert, um seine wenigen Freunde mit spannendem Stoff aus seinem Leben versorgen zu können. Feig bist du, ruft eine Stimme, das ist alles. Um jeden Preis möchtest du ergründen, was an den Geschichten dran ist, die dir alle Männer seit der Volksschule erzählen. Wenn es so weit ist, machst du in die Hosen.

Seine Freunde brauchen ein Zeichen. Herr Franz wundert sich, wie lange er schon an diesen erwiesenen Wahrheiten herumdenkt. Er hat ihnen noch nie ein Zeichen gegeben. Seine Freunde stehen mit ihm an der Theke und hören ihm gelangweilt zu, bis er endlich die Runde Bier spendiert. Mit der gebotenen Zurückhaltung bestätigen sie ihm beim Heben der Gläser, daß er ein Teufelskerl ist.

Eigentlich hätte ich einen passenderen Umgang verdient, sagt Franz.

Der Herr Stadtgartenmeister Franz hat eine schwere Zeit vor sich. Er verläßt das Salvienbeet und nähert sich dem nahen Landesgericht. Das Café im Erdgeschoß des Gerichtsgebäudes ist ein Geheimtip. Er betritt das Café und genießt die Herzlichkeit, die von den Runden sich gegenseitig zuprostender Angestellter ausgeht. Er gesellt sich zu den verwirrten Einzelpersonen und sieht der erfreulichen Heiterkeit der anderen zu. Die Stillen trinken ein Glas vor ihrer Verhandlung. Herr Franz hat eine Menge übrig für das Schicksalspathos.

Als ob ich bereits alle Fehler gemacht hätte, sitze ich hier im Gerichtscafé. Es kann ein Zufall sein, daß in der Nähe des Gerichts Salvien gepflanzt werden. Es muß kein Zufall sein. Herr Franz weiß ganz genau, daß es keine Umkehr gibt. Er hat sich einmal zu weit vorgewagt. Er wird seinen Freunden vorschlagen, den Urlaub diesmal nicht in Spanien zu verbringen. Er wirft einen verstohlenen Blick auf das Einwickelpapier in seiner hohlen Hand. Er wird sie überzeugen müssen, daß ein kleiner Ort mitten in Italien ein lohnendes Ziel darstellt. Er wird seiner und den anderen Familien erklären, daß in diesem Jahr die Reise kein Bummel von Strand zu Strand wird. Diesmal geht es um eine Eroberung. Herr Franz fühlt die Gefahren einer Eroberung.

Warum denn so heimlich heute, fragt die Kellnerin. Schon am Vormittag ein Liebesbrief, scherzt sie mit einem Zwinkern, wohin soll das noch führen?

Herr Franz hat die Meisterprüfung nicht bestanden. Nach dem ersten mißlungenen Versuch wollte er sich jede weitere Demütigung ersparen. Während der Weihnachtsfeiern wird er gelobt wie ein Meister. Wegen seiner Tüchtigkeit wird er als Vertretung für andere Meister herangezogen. Er darf sich keine Unregelmäßigkeiten leisten. Sein Kopf ist voll von Ermahnungen. Herr Franz ermahnt sich selbst, er muß sich seiner Position würdig erweisen. Ein provisorischer Meister fällt sehr leicht in die Gruppe der mitarbeitenden Gruppenführer zurück.

Ich habe heute einen großen Durst, einen sehr großen Durst. Herr Franz liest die Zeitung seines Nachbarn an der Theke, hört mit halber Aufmerksamkeit das Gespräch zweier verurteilter Frauen vor der Berufungsverhandlung. Wer hätte ahnen können, daß Menschen mit solcher Vergangenheit so durchschnittlich aussehen. Mir ist, als hätte ich seit Tagen kein Bier getrunken, und einen Hunger habe ich heute, als ob ich gestern nicht gegessen hätte. Und eines möchte ich genau wissen, wann habe ich die Hügel Afrikas zuletzt bereist?

Er trinkt noch ein Bier und beschließt, sich eine sehr genaue Straßenkarte von Italien zu besorgen. Seit er die Bekanntschaft der Italienerin gemacht hat, tobt in seinem Kopf der Streit mehrerer gleichzeitiger Gedanken um die Vorherrschaft.

Niemals ist es Franz gelungen, zwei Gedanken gleichzeitig zu denken. Franz nimmt sich Zeit. Er denkt alle Gedanken hintereinander. Er leidet selten unter derartigen Einschränkungen.

Wie oft in seiner Vergangenheit hätte er die Weichen richtig stellen können. Das kleine Abenteuer mit der Salvienpflanzerin wäre nicht mehr als eine Abwechslung. Allein und unabhängig ginge er seinen Weg. Das Gerichtscafé wäre der natürlichste Aufenthalt. Die Erwähnung eines Richters ließe ihn nicht zusammenfahren wie einen mehrfach Vorbestraften.

Im Verlauf mehrerer allein genossener Biere kommt Franz zu dem Schluß, daß sein Leben ihm eine Zukunft voller Unmöglichkeiten bereit hält. Unter der erstickenden Hülle der Unmöglichkeiten glimmt eine hartnäckige Erwartung. Auch ich werde einmal das Steuer herumreißen, flüstert die Erwartung.

Wenn es sein muß, kann man alles verändern.
Die Pächterin des Gerichtscafés weiß für jede Gelegenheit einen unwiderlegbaren Spruch. Franz bestellt ein weiteres, schicksalhaftes Bier und überlegt, wie durch eine Korrektur der Vergangenheit neue Wege in die Zukunft zu öffnen wären.

Das letzte, schicksalhafte Bier verhindert die Fortsetzung der Aufsichtstätigkeit bei der Bepflanzung der Salvienbeete vor dem Landesgericht. Franz versäumt die letzte Gelegenheit, der kecken Salvienpflanzerin eine eindeutige Absage zukommen zu lassen. Am nächsten Tag wird sie sich krank melden und damit dem Verhältnis zu einer gewissen Fixierung verhelfen.

## DAS GERICHT

Das Leben ist einfacher als es sich die meisten Menschen vorstellen.

Franz macht sein letztes Bier zu seinem vorletzten. Er belästigt die Pächterin des Gerichtscafés mit seinen Weisheiten. Er sitzt in letzter Zeit häufig in diesem Café. Früher hat er es nur mit Widerwillen betreten.

Aus zwei Teilen besteht das Leben. Aus dem Verlangen und aus der Flucht vor dem Verlangen.

Die Pächterin lacht. Die meisten Gäste erwarten, daß sie lacht.

Der Meister Franz nimmt einen zweiten Anlauf. Was ist das Leben?

Sie weiß es nicht.

Ein Rennen um die Liebe ist es. Du spürst es und kannst es nicht sagen. Aber du spürst es. Dauernd spürst du es. Die Bahn ist abgesperrt von Anfang an, du mußt laufen, laufen, laufen. Du brauchst die Liebe mehr als Luft und Wasser. Auf Dauer kann das kein Mensch aushalten.

Die Wirtin bedient inzwischen andere Gäste. Ein Richter ist hereingekommen. Sie küßt ihn und nimmt seine Jacke. Ein großer Espresso mit Grappa. Der Richter beugt sich vor, um ihre Brüste im Dekolletee zu betrachten.

Der Meister Franz sagt, das ganze Leben ist eine Ablenkung von diesem Rennen um die Liebe. Damit du nicht dauernd rennen mußt, gibt es Urlaubsreisen. Es gibt das Fernsehen, das Theater, die Autos, das Rauchen, das Saufen. Alles nur Ablenkung von dem einen, das einen ganz wahnsinnig macht.

Die Wirtin lacht. Ihre Gäste reden immer viel und erwarten von ihr, daß sie nach jeder Ansprache lacht.

Der Meister Franz ist heute ein sehr hartnäckiger Gast. Er redet viel mehr als alle anderen Gäste zusammen. Es stört ihn, wenn sie blöd lacht. Das sagt er ihr ganz ernst ins Gesicht. Weil du mich nicht verstehst, lachst du so blöd.

Sie lacht diesmal nur ganz wenig.

Die meisten Gäste langweilen die Wirtin mit ihren Familiengeschichten. Während die junge Servierhilfe rote Achtel und Seidel Bier in Tulpen verteilt, hört sich die Wirtin Familiengeschichten an. Der Herr Franz ist heute ein besonderer Gast. Während er spricht, verliebt er sich in die Wirtin.

Es ist kein Wunder, wenn man sich an einem Tag zweimal verliebt. Man steht mitten im Rennen. Ob du eine Runde weiterkommst, entscheidet sich erst viel später. Du bist in einem Rennen ...

Franz bemerkt, daß sich die Wirtin zum Richter gesetzt hat und den Ärmel von dessen blauem Anzug zerknüllt.

Franz wird ganz plötzlich sehr eifersüchtig. Wenn du einen Richter angreifst, kannst du gleich das Kreuz machen, sagt Franz zur Servierhilfe. Das Mädchen lacht. Sie ist eine angelernte Kraft.

Angefangen hat alles in der Gärtnerei. Franz hat seine Frau in der Gärtnerei zuerst gesehen.

Ein Mann im weißen Anzug betritt das Café. Eine Runde für alle. Die Frau vom Nachbartisch flüstert Franz zu, dem haben sie einen Mord anhängen wollen. Franz verliebt sich sofort in die Frau. Die Begleiterin der Frau trägt einen glatten Pullover, den sie mit beiden Händen glättet. Franz verliebt sich auch in diese Frau sofort.

Noch während er in seinem Kopf ein immer bunteres Durcheinander anrichtet, keimt der Wunsch aufzuräumen und ein für allemal Klarheit zu schaffen.

Der Mörder zeigt eine Geste des Triumphs in die Richtung des Richters. Die Wirtin löst sich sofort von dessen zerknülltem Ärmel und fliegt dem befreiten Mörder zu. Franz spürt, daß ihn große Ereignisse erwarten.

Auch mir werden sie nichts nachweisen können, sagt er der staunenden Servierhilfe.

## DIE VEREINIGUNG

In der stimulierenden Umgebung des Gerichtscafés hat Franz einen Entschluß gefaßt. In seinem Leben sind Verlockungen selten. Wenn die Aussicht auf eine große Erfreulichkeit in der Nähe der Salvienpflanzerin die letzte in seinem Leben ist, wäre das Zögern ein Frevel.

Was hält mich zurück?
Die Umstände halten mich zurück.
Hättest du das nicht früher wissen können?
Es ist niemals zu spät.
Du setzt mehr ein, als du gewinnen kannst.
Ach was.

Franz schreitet unverzüglich zur Ausführung seines Plans. Eiskalt gruppiert er alle Personen seiner Vergangenheit um sich. Noch einmal wird er alles so machen, wie er es immer gemacht hat. So wird niemand Verdacht schöpfen. Gemeinsam werden sie noch einmal den Ausweg in den Ablenkungen suchen.

Gemeinsam werden wir die Gefahren des Südens überwältigen. Franz redet den ganzen Abend schon mehr, als die beiden anderen von ihm gewohnt sind. Alle drei sind sie wunderbare nordische Männer. Sie sind Riesen mit stattlichen Bäuchen, die sich von Rindern, Schweinen und Bier ernähren. Sie sind mit mächtigen Frauen mit blondem Haar verheiratet. Der Denker Otmar trägt bereits die weiten Shorts, die ihm seine Frau für die Reise gekauft hat. Stolz zeigt er seine rot behaarten Storchenbeine. An seinem Gürtel baumelt ein Überlebensmesser von ansehnlicher Größe. In Spanien muß man mit allem rechnen.

Franz ist froh, daß Alois mit von der Partie ist. Alois war Fernfahrer. Er spricht alle Sprachen des Südens. Immerhin ist er als Kontrollor einer Spedition im dauernden Kontakt mit fremden Kulturen. Franz hofft, Alois würde besser Italienisch als Spanisch sprechen. Alois wischt sich den Schaum des Biers verächtlich von den dichten Schnauzbarthaaren und sagt, mir ist ganz egal, wohin wir fahren, Hauptsache es ist weit. Kenne nichts Schöneres, als eine Nacht durchzufahren. Frühstück auf einem kleinen Parkplatz inmitten duftender Gewürzhügel. Einen Espresso und weiter geht die Reise.

Alois wird Probleme machen. Italien ist ihm nicht weit genug. Allzu viele Nächte und Gewürzhügel wird er ihm nicht bieten können. Otmar richtet Grüße von seiner Frau Anneliese aus. Anneliese will einen weichen Sandstrand mit einem gepflegten Pinienwald dahinter. Das wird doch nicht zuviel verlangt sein.

Ich hab heute einen Durst, sagt Franz, am liebsten hätte ich einen guten italienischen Wein. Einmal möchte ich einen richtig guten Chianti trinken.
Haben wir, sagt der Wirt. Gepanscht, sagt Alois. Ein Modegetränk, sagt Otmar, laut unserem Führer in Spanien kaum zu bekommen.

Franz hat auf seiner ganz genauen Straßenkarte eine Autorennstrecke entdeckt. Das letzte Wochenende werden sie an der Rennstrecke verbringen. Bleibt noch immer die Nacht zum Montag für die Rückfahrt.
Der Autofahrerclub schreibt, man sollte sich Zeit nehmen für die Gewöhnung an die Heimat. Otmar muß das letzte Wort haben.

Dieses Mal wird Franz nicht weichen. Er wird die Salvienpflanzerin in ihrem italienischen Dorf finden. Er wird alle Wege für die Freiheit ebnen. Kein Stein wird auf dem anderen bleiben. Daß die anderen ursprünglich nach Spanien wollten, wird ihn nicht hindern. Dieses Mal wird richtig Urlaub gemacht.

Franz setzt zu einem seiner Vorträge an. Die Gruppe ist wichtig. Die einzelnen Mitglieder der Gruppe müssen zusammenpassen. Er versteigt sich in die Dynamik der Reise. Den Kindern wollen wir zeigen, wie weit wir es gebracht haben. Alle Möglichkeiten haben wir. Wir können fahren, wohin wir wollen. Das muß man ihnen einmal zeigen. Die Freiheit haben wir. Wenn einer sagt, fahr nach Spanien, habe ich die Freiheit und sage, ich will nach Italien. Freiheit ist es, was unsere Jungen brauchen. Wir haben Geld und wir haben Fahrzeuge. So eine Fahrt machst du ohne Service.

Prost, sagt Alois, das hätte ich dir schon lang sagen können. Ich bin schließlich in der Branche tätig.
Was machst du eigentlich in deiner Spedition?
Kontrollor.
Ich meine, was du kontrollierst.
Na die ganze Spedition eben.
Warum fährst du selber nicht mehr?
Keine Zeit.
Prost dann. Auf die Zeit, wo wir einmal so richtig dahinrollen werden.

Italien ist dann also ausgemacht, sagt Franz sehr schnell.
Das Ziel geben die Frauen vor, sagt Alois. Meine Frau sitzt neben mir mit einer Karte in der Hand und gibt mir die Kreuzungen durch. Ihr braucht mir nur zu folgen. Kris Kristoffersen in Konvoi, wenn du das gesehen hast, weißt du, was ich meine.

Und auf die Kinder hörst du wohl auch.Wenn die Kinder links schreien, fährst du links. Eine schöne Freiheit ist mir das.

Die drei Männer werden lauter. Otmar erzählt, was er zu diesem Thema im Spiegel gelesen hat. Franz und Alois diskutieren angeregt. Einige Gäste von den Tischen rufen Anregungen in die Nacht. Ein fuchtelnder Arm fegt ein Bierglas von der Theke. Nur in seinem Stammlokal kann man sich diese Freiheiten herausnehmen.

Draußen fällt ein schwerer Schneeregen in die Nacht des ersten Mai. Die frisch gepflanzten Salvien werden sie austauschen müssen. Die Italienerin heißt vielleicht Gina oder Sofia oder Ornella. Franz geht durch den halb verschneiten Stadtpark nach Hause. Er will einen Radfahrer stellen, der das Fahrverbot nicht beachtet. Der Radfahrer ruft frech zurück, als ob er bereits von der drohenden Niederlage des Herrn Franz erfahren hätte.

Franz ist froh, daß ihn seine Freunde nicht im Stich gelassen haben. Sie werden ihn nach Italien begleiten. Allein hat er kein sicheres Gefühl im Ausland. Wenn einer bestohlen wird, ist es Otmar. Jeder Raubmörder läßt einen Autobus ziehen, wenn er einen storchenbeinigen Besserwisser mit Überlebensmesser am Gürtel erwischen kann. Keine Frau ist mehr den Nachstellungen der fremden Männer ausgesetzt als Otmars Frau. Anneliese ist Oberoffizial und alle meinen zu wissen, wie sie trotz fehlender Voraussetzungen diese Stellung erreicht hat.

Etwas Wahres muß an der Geschichte sein, wenn man sie von so vielen Seiten hören kann. Franz ist ein halber Psychologe. Er hat größtes Interesse an der Psychologieserie der kleinen bunten Tageszeitung. Franz weiß, was er weiß. Davon wird ihn so leicht kein Irrtum abbringen. Er ist ein heimlicher Bewunderer Otmars. Otmar kann Berge von Büchern lesen. Er liest mehrere Tageszeitungen. Er hat studiert. Egal ob es sich um Juristerei handelt oder eine komplizierte Mathematik, der Otmar weiß Bescheid. Er hätte beinahe die Beamtenmatura geschafft. Er war den Prüfern nicht sympathisch. Sie haben gespürt, daß er sie aufs Kreuz legen wird, wenn sie ihn nach oben lassen. Jedenfalls ist er mindestens genau so gut wie ein richtiger Studierter. Er hat es gern, wenn man ihn mit Doktor anredet. Franz wird ihn mit Doktor betiteln, wenn die Sache mit Italien eine kulturelle Begründung braucht. Ganz ohne Kirchen und Schatzkammern geht ein Urlaub sowieso nie ab. Das ist die beste Gelegenheit, den Kindern zu zeigen, daß die Alten früher auch keine Trottel waren.

Franz hat das Gefühl, seine Kinder mißtrauen allem bisher Erreichten. Rene ist achtzehn oder neunzehn und hat noch keinen Schilling selbst verdient. Nicole schielt auf die Werbung mit der teuren Unterwäsche, er merkt das doch. Schillbär? Der Kleine wird Geschäftsmann.

Er wird das alles seiner Frau einmal haarklein erklären müssen. Er betritt das Schlafzimmer und setzt zu einem Vortrag an. Ein Tag ist das heute gewesen. Wenn ich hundert Jahre alt werde, möcht ich keinen solchen Tag mehr erleben.
Seine Frau ist sehr munter und hat sehr lange gewartet. Sie weiß schon seit mehreren Stunden ganz genau, was sie ihm sagen wird. Ihre Ansprache ist laut und schrecklich.

Nach einer unendlich langen Erläuterung der Schwere all seiner Vergehen und unzähligen Querverweisen auf frühere Versprechungen und Irrtümer macht die Frau Hildegard ihren Franz in aller Form auf geplante Konsequenzen aufmerksam. Sie hat sehr lange auf ihn gewartet. Sie hat sich alles ganz genau überlegt.

Franz versucht, den Arm um ihre Schulter zu legen.

Glaub nur ja nicht, diese Halbwissenschaftler von deiner Zeitung hätten recht. Über die Erotik der Versöhnung kann ich heute nicht einmal mehr lachen. Jedem was er verdient.

In einer Pause sagt Franz, die Rettung des Menschen ist, daß er trotzdem einschlafen kann.

Du wirst noch Augen machen, will er später hinzufügen. Oft schläft er ein, bevor er das Wesentliche sagen kann.

## DIE STREITWAGEN

Heute ist ein schöner Tag, sagt Franz. Die Sonne lacht dem Tüchtigen. An einem schönen Tag möchte ich Bäume ausreißen.
Er fährt sehr knapp an einem Baum vorbei.
Du wirst bestenfalls einen Baum umfahren, sagt Schillbär auf dem Rücksitz.
Franz läßt ihn an der Kreuzung vor der Schule abspringen. Die Ampel ist grün und die Fahrer hinter ihm hupen. Froh sollen sie sein, daß heute ein schöner Tag ist, schreit Franz. Wenn kein schöner Tag wäre, könnten die was hören.
Was denn, fragt Schillbär durch das offene Fenster.
Franz freut sich, weil er so einen schlagfertigen Sohn hat. Er wird ein hervorragender Geschäftsmann.
Franz fährt zu seiner Einsatzzentrale. Die Gärtner und Gärtnergehilfen sitzen an langen Holztischen wie bei einem Sommerfest. Die Männer erzählen einander schweinische Witze. Außer dem Erzähler lacht der, welcher den nächsten Witz erzählen möchte. Franz erzählt keine Witze. Er räuspert sich, bevor er den Raum betritt und schnarrt seine Diensteinteilung herunter. Die Gärtner witzeln über die Diensteinteilung. Jeden Tag spielt sich diese Szene gleich ab. Einer bittet um Urlaub, einer kündigt an, daß er krank wird, einer beschwert sich über die letzte Abrechnung.

Franz wechselt in den Aufenthaltsraum der Frauen hinüber. Die Frauen hören auf, einander Witze zu erzählen und freuen sich, daß ihnen der Meister Franz erzählt, was heute für ein schöner Tag ist. Mit leuchtenden Augen folgen sie ihm auf die Straße. Sie bewundern sein Auto und streicheln mit bebender Brust heimlich über die gerundeten Kotflügel. Die Gierigsten stellen sich so, daß sie der Meister Franz gerade im Rückspiegel sehen kann. Ihre Augen glänzen, als sich die Abgaswolke aus dem Auspuff mit der Staubwolke hinter den durchdrehenden Antriebsrädern zu einem flüchtigen Kunstwerk vereinigt. Den ganzen Tag lang werden sie an den Meister Franz denken. An einem schönen Tag spürt der Meister Franz, wie ihm die Herzen zufliegen.

Ein roter Sportwagen braucht keinen Weg zur Angebeteten. Er ist der Weg!

Einmal ist der Tag für eine Testfahrt recht, sagt Franz. Einmal muß man sich die Zeit für das Wesentliche nehmen. Heute ist ein schöner Tag für eine Testfahrt. Otmar und Alois haben bereits im Regen getestet. Der Belag ist trocken. Die Reifen sind warm gefahren. Das Profil ist nicht mehr ganz frisch. Ein leichtes Vibrieren schleicht sich in das Bewußtsein. Ein Test wird nicht wegen jeder Kleinigkeit abgebrochen. Heutzutage ersetzt das Service vor der Reise der gnadenlose Test.

Fahrspaß ohne Grenzen hat der Prospekt versprochen. Franz hat Spaß an der Fahrt, wenn die Zahl der Überholten rasend anwächst. Mit allen verfügbaren Zeichen bahnt er sich den Weg durch die Überholspur. Das Recht des Überlegenen zu ignorieren, ist genauso verwerflich wie die Behinderung des Formel eins Weltmeisters auf der letzten Qualifikationsrunde. Franz hat ausreichende Rennerfahrung. Er weiß, wie man Sekunden und Zehntelsekunden einspart. Als er die Autobahn verläßt, ist er in Schweiß gebadet. Er liebt seinen Sport.

Franz weiß nicht genau, was ein Faschist ist.

Das Vibrieren hat sich verstärkt, als er wieder das bewohnte Gebiet erreicht. Passanten drehen sich um. Sie schleudern abfällige Bemerkungen auf die feuerrote Motorhaube, unter der eine latente Krankheit ausgebrochen ist. Franz schämt sich. Durch das geöffnete Seitenfenster schnappt er eine unglaublich respektlose Bemerkung auf. Das Vibrieren ist in ein Tscheppern übergegangen. Ein schöner Tag ist anders. Er flüchtet in die Werkstätte.

Geduldig wartet er vor der Kabine des Meisters in der Reparaturannahme, bis er an die Reihe kommt. Der Meister neigt ihm den Kopf leicht zu und gibt ihm ein Zeichen, mit der Beichte zu beginnen. Franz gesteht, daß er einmal über einen Randstein gefahren ist. Der Meister sieht ihn an und bedeutet ihm, fortzufahren. Franz durchrast sein Gewissen. Er gesteht, jeden Tag nur einen Kilometer bis zur Schule und einen halben Kilometer bis zur Einsatzzentrale gefahren zu sein. Zurück natürlich auch, fügt er hastig hinzu. Der Meister wirft ihm einen erbosten Blick zu.
Ich weiß es, wimmert Franz, er braucht Auslauf. Ich habe mich zu wenig um ihn gekümmert.
Zum Ausgleich machst du eine ausgedehnte Reise. Der Meister gibt jedem die angemessene Buße mit auf den Weg der Besserung.
Franz ist glücklich. Es wird alles wieder gut werden.

Auf dem Gehsteig vor der Werkstätte entdeckt er Anneliese. Hastig fährt Franz herum. Mit einem roten Sportwagen will man nicht in der Werkstätte ertappt werden.

Anneliese ist Oberoffizial. Sie ist eine sehr attraktive Frau. Sie hätte einen Senatsrat heiraten können. Otmar hat einmal zugegeben, daß er nicht weiß, wer ihren Schmuck bezahlt hat. Erbstücke, hat er gesagt, als seine Freunde ihn in die Enge treiben wollten. Wenn sie abends länger in dem Wirtshaus am Färberplatz sitzen, quälen sie ihn mit der Frage, was seine Frau jetzt wohl macht. Manchmal sind sie richtig in Fahrt. Alois fragt ihn dann immer, ob er sich seiner Vaterschaft sicher sei. Der Ulf sieht dir überhaupt nicht ähnlich. Einmal wird Otmar sehr umständlich eine Pistole aus seiner Aktentasche ziehen und ein Blutbad anrichten. Wenn ihm nicht ein anderer zuvor kommt.

Annemarie liebt rote Sportwagen. Ihr Haar ist stets ein wenig in Unordnung, als ob sie gerade einem Cabrio nach rasender Fahrt entstiegen wäre. Ihre Wangen glühen, ihre Lippen glänzen. Stets wirkt sie atemlos. Rote Sportwagen liebt sie über alles. Otmar fährt einen Kombi. Das Modell wird längst nicht mehr verkauft. Sogar der Nachfolger ist bereits von den Straßen verschwunden. Otmar findet Autos ästhetisch, wenn sie historischen Kutschen ähnlich sind. Seinen Wagen findet er als einziger ästhetisch.

Franz hat ein Auge auf Anneliese geworfen, seit er sie bei der Aufzeichnung zu einer Fernsehsendung gesehen hat. Er war für den Blumenschmuck der Bühne zuständig gewesen. Anneliese hatte sich für ein Publikumsspiel bereitwillig gemeldet. Inzwischen ist sie nicht mehr richtig schlank, nur die Proportionen sind geblieben. Manchen Proportionen schadet ein wenig Fülle überhaupt nicht.

Franz hat sich vor einigen Monaten einen roten Sportwagen gekauft. Ein roter Sportwagen ist für eine Familie mit drei Kindern ein Zankapfel. Manchmal wird ein durchschnittlicher Kleinwagen durch die Aufschrift GLi für den Eingeweihten zum Sportartikel. Das ist ein Glück.

Franz ist überzeugt, daß die Gerüchte stimmen. Wenn gewissen Frauen die Situation gefällt, sind sie zu jedem Mann freundlich. Er ist ein Meister im Ausdenken von Situationen. Wenn er sich alles ganz genau vorstellt, bekommt er einen Schweißausbruch.

Otmar und Anneliese sind schon überall gewesen. Manchmal ist Otmar mit seinem Wohnwagen allein nach Spanien gefahren. Anneliese ist mit einer Freundin in die Karibik geflogen oder auf die Seychellen. Otmars Wohnwagen ist hervorragend ausgestattet. Der alte Kombi reicht gerade aus, das Riesending von einem Ort zum anderen zu schleppen. Komfort statt Geschwindigkeit, hat Otmar in einer Reportage gelesen. Franz wird ihn überholen wie ein Strich. Diesmal wird der Urlaub ein voller Erfolg. Essen werden sie in Otmars Wohnwagen, damit das Ding irgend einen Zweck hat.

Die Familienmitglieder besorgen täglich neue Spiele gegen die Langeweile. Mehrere Arten von Strandtennisausrüstungen liegen auf dem Kasten im Vorzimmer. Daneben türmen sich die Schnorchelausrüstungen und Surfanzüge. Franz wagt nicht, von einem Ziel in den Bergen zu sprechen. Er hat einmal gehört, daß die Nächte in den Bergen des Südens sehr kalt sind. Er glaubt nicht alles, was seinen Absichten Hindernisse in Aussicht stellt.

Eines Abends kommt er auf die Idee, das Auto probeweise zu beladen. Seine Frau hat lange auf die Gelegenheit warten müssen, bis sie ihm anhand von Tatsachen erklären kann, warum der Kauf eines roten Sportwagens nur eine Manifestation des bis dahin schwelenden Wahnsinns sein konnte.

Die Flammen deiner vollkommenen Verblödung schlagen endlich hervor, ruft Hildegard vom Fenster aus.

Die Nachbarn, deutet Franz.

Sie sollen es hören, falls sie es selbst noch nicht bemerkt haben. Der Meister Franz, der Aushilfsmeister Franz, hat die Laufbahn seiner Angeberei mit diesem roten Sportwagen gekrönt. Vater von drei Kindern. Gockel für alles, was eine Ähnlichkeit mit einer Frau hat, tönt es vom Fenster.

Franz wirft eine Taucherbrille in den Mülleimer neben seinem Kofferraum. Er ist durcheinander. Dein Geschrei macht mich ganz durcheinander.

Zuletzt klettert er auch noch in den Mistkübel. Endlich, schreit Hildegard, endlich begreift er, wo er hingehört.

Man wird mit zwei Autos fahren müssen. Oder Otmar bitten, seinen Wohnwagen beladen zu dürfen. Alois kommt nicht in Frage. Sein neues Wohnmobil wird eine Überraschung. Direkt vor der Abfahrt wird er ihnen das teuerste Modell zeigen, das derzeit auf dem Markt zu finden ist. Alois weiß, welche Unsicherheit das Ausgeben einer großen Summe bei seinen Freunden auslöst. Hat er sich in Schulden gestürzt? Hat er geerbt oder gewonnen. Hat er einen Nebenverdienst. Verdient er wirklich so gut, wie manchmal gemunkelt wird. Im Grunde werden sie ihn bewundern. Es wäre schon sehr überraschend, wenn der Glanz solchen Reichtums eine Frau wie Anneliese nicht locken könnte.

Wenn die Sache mit der Anneliese nicht läuft, bleibt die Italienerin. Franz genießt die Grenzenlosigkeit seiner Zukunft.

Otmar ist Vertragsbediensteter in der Landesregierung. Zuerst war er im Amt für Jugend und Familie. Später im Bauressort. Derzeit zuständig für die neuen Veranstaltungszentren. Er wollte immer in die Nähe der Kultur kommen. Die Kunst ist eine Angelegenheit der Hungerleider, sagt Alois, was die Künstler produzieren, fressen ihnen die Verkäufer und Verwalter vor der Nase weg. Otmar läßt sich lange beleidigen, bis er einen Blutrausch bekommt.

Mein alter Kombi hat Charakter, sagt Otmar. Davon versteht ihr nichts. Franz und Alois lümmeln an der Theke und trinken ein Abschiedsbier. Die Szene ist herzzerreißend. Es gibt nichts Schrecklicheres als den Abschied vom Kellner des Stammlokals. Wer kann wissen, ob er jemals wieder zurückkehren wird.

Sie bestellen eine Runde. Der Feierlichkeit des Anlasses angemessen bestellen sie gleich darauf eine Doppelrunde. Danach eine Lokalrunde. Franz, Otmar und Alois fühlen den Rausch der Zusammengehörigkeit durch ihre Adern rauschen.

Jetzt kann sie nichts mehr halten.

Die Italiener werden schön schauen.

Wieso die Italiener, wenn wir nach Spanien fahren.

Der kürzeste Weg ist der über Italien.

Nicht einmal Lire haben wir getauscht.

Und das Wörterbuch, wer hat ein italienisches Wörterbuch?

Ich denke, du sprichst alle Sprachen des Südens.

Italienisch nicht ganz fließend.

Ich denke du warst hunderte Male in Italien mit deinem Fernlastzug.

Nicht direkt. Meistens bin ich nur an Italien vorbeigefahren.

Schöne Vorbereitung ist das.

Streitet nicht Freunde, ruft der Kellner und fährt eine Doppelrunde auf.

Hauptsache ist, wir kommen bald wieder zurück. Das Ausland ist doch kein Aufenthalt für die Dauer.

Alle versinken in trübsinniges Schweigen. Die Problematik des Heimatbegriffs ist in ihr Hirn gefahren wie ein Kugelblitz. Sie geben nacheinander rührende Bekenntnisse zur Heimat ab.

Darauf müssen sie angemessen den Saft der Heimat trinken, der wie ein reißender Wildbach durch ihre Adern fährt. Am nächsten Tag verschieben sie die gemeinsame Abfahrt auf den übernächsten Tag. Mit ihren leistungsstarken Fahrzeugen werden sie den verlorenen Tag spielend wieder einholen.

## DER STURMLAUF – DIE FAMILIE MIT DEN VIER RÄDERN

Das Leben war nicht mehr auszuhalten, sagt Alois. Auf die Dauer hält das kein Mensch aus, daß er alles hat, was er braucht. Wir haben zwei Fernsehapparate, Kabel und Satellit, Stereo und Fernbedienung, den gesamten Europacup habe ich auf Cassetten.
Wer wird sich den Scheiß vom Vorjahr noch ansehen, sagt Hella.
Darauf kommt es nicht an. Wir haben jederzeit die Möglichkeit, setzen uns hin und sehen irgendein Spiel aus dem Europacup.
Hervorragend, sagt Hella.
Wir haben die Cassetten im Gepäck. Und ein Bier.
Wir haben dreißig Biersorten in unserem Wirtshaus an der Ecke. Verstehst du, dreißig Sorten Bier kann ich jeden Abend trinken, wenn ich will. Im Getränkemarkt habe ich zuletzt dreiunddreißig Sorten gezählt. La belle Strasbourgeoise kann ich trinken, wenn ich will.
Saufen kannst du es, nur aussprechen nicht.
Du weißt es nicht zu schätzen, wie weit wir es gebracht haben. Wenn ich aus der Firma komme, kann ich jeden Sport machen.
Ich denke, du trinkst dreißig Sorten Bier.
Zusammen sind es dreiundsechzig Sorten, schreien die Kinder aus dem Hintergrund des riesigen Wohnmobils.
Euch wird das Lachen noch vergehen, schreit Alois.
Die Kinder sind drei Töchter. Evelin, fünfzehn, Elvira, sechzehn, Elfi, siebzehn. Alois hat manchmal mehr, als er braucht.

Das Wohnmobil gleitet der Grenze entgegen. Der rote Sportwagen hat sich zwischen Otmars Gespann und das

Wohnmobil gedrängt. Hildegard ist mit ihrem Kleinwagen voller Schnorchel und Strandtennis und all dem Gepäck schon lange hinter ihnen geblieben. Der rote Sportwagen überholt Otmars Kombi mit heulendem Motor. Anneliese winkt. Alois reißt am Ganghebel. Wäre doch gelacht. Ein Beben folgt dem Tritt auf das Gaspedal. Alle drei sind sie wunderbare nordische Männer, Riesen mit stattlichen Bäuchen. Otmar ist der einzige mit Storchenbeinen. Der Aufbruch der Wikinger kann sich nur in Einzelheiten anders abgespielt haben.

Verdammt, schreit Franz, verdammt in alle Ewigkeit. Er hat das Geld und die Benzingutscheine und den Reisepaß vergessen. Ein Schweißausbruch unvorstellbaren Ausmaßes findet den Weg in Hemd und Hose. Franz klagt Himmel und Hölle an. Er übersieht einen grauen Kasten am Straßenrand.

Wer einen Radarkasten übersieht, kann sich freiwillig einweisen lassen, hat er vor der Abreise zu Otmar gesagt. Oft ist jedes Wort zuviel.

Otmar hat rechtzeitig gebremst. Spielt keine Rolle, wird er sagen, die Strafe stört mich weniger als das Herunterbremsen. Das wird Anneliese überzeugen. Er hat die nächste Ausfahrt versäumt. Verdammt in alle Ewigkeit, schreit Franz. Ein weiterer Schweißausbruch durchfährt ihn bei der Erkenntnis, daß er ganz allein die Papiere vergessen hat. Alle anderen rasen auf der Autobahn dahin. Alle von ihm Überholten werden vor ihm die Grenze erreichen, sogar die stinkenden Kisten aus Polen.

Die Kinder haben sich mit angstverzerrten Gesichtern in die Rücksitze geduckt. Franz hat die Kinder vergessen. Er beschimpft sich selbst auf das Abscheulichste. Es ist noch schrecklicher als am Vortag, als er am einzigen freien Parkplatz beim Einkaufszentrum vorbeigefahren ist. Die

Kinder haben zuerst gelacht, weil er keinen Parkplatz gefunden hat. Später haben sie geheult, weil sie auf der Fahrt zu einem anderen Einkaufszentrum im Stau gestanden sind, bis alle Geschäfte geschlossen waren.

Mach dich nicht lächerlich, ruft Rene in einer kreativen Pause des fluchenden Vaters.

Franz weiß nicht, woher der immer neue Schweiß für seine Ausbrüche kommt. Er rudert mit den Armen. Längst stehen sie in einem Stau an der Stadteinfahrt. Sollte alles schon vor dem richtigen Beginn zu Ende sein?

Denk nach, wo du deine Dokumente hast, ruft Nicole.

Ich warne dich, ein Wort und ich vergesse alle guten Vorsätze, faucht Franz nach hinten.

Du machst dich lächerlich, ruft Rene, willst du eine junge Frau mit Busen schlagen.

Woher weißt denn du plötzlich, was rund und eckig ist? Ich bin der Erzieher, verstanden? Ich habe alle Verantwortung auf mich geladen, ja? Ich habe euch in die Welt gesetzt. Alles verstanden bis dahin?

Was können wir schon dafür.

Rein finanziell wäre ein Bankdirektor besser gewesen, ruft Schillbär.

Schillbär, ruft Franz, die Stimme versagt ihm fast. Er entdeckt an seinem Seitenfenster einen schwarzen Zeitungsverkäufer, der sich vor Lachen schüttelt. Der impertinente Mensch genießt die Szene in dem roten Sportwagen.

Wartet nur, bis wir zu euch kommen, schreit Franz, Afrika ist unser Ziel in diesem Urlaub. Wir fahren, wohin wir wollen, im Gegensatz zu euch Kakerlakenvölkern.

Der Neger wittert die Chance, an der bewegten Szene teilzunehmen und versucht, die Tür aufzureißen. Die Ampel ist grün, die ersten Fahrer hinter ihnen beginnen entschlossen zu hupen. Franz versinkt in seinem Sitz.

Ein roter Sportwagen wird immer sofort erkannt, sagt Rene.
Eine Weisheit noch und ich steige aus und überlasse euch dem Schicksal der Straße.
Haha, sagt Nicole.

Franz hat sein Leben verpfuscht. Er hat dieses Chaos heute nicht notwendig, um ganz sicher zu sein, daß er sein Leben an allen wichtigen Punkten in der ungünstigsten Weise gelenkt hat. Zwei Fußballvereine gibt es in der Stadt. Franz ist ein treuer Anhänger des Vereins, der in der letzten Saison in die zweite Klasse abgestiegen ist.

Wo soll man sich abreagieren, wenn nicht einmal der Fußballplatz dazu geeignet ist. Franz liest in der Tageszeitung die Berichte über Randalierer und Amokläufer so genau wie möglich. Er hat anhand von vielen tausend Berichten herausgefunden, daß die Anlässe für den Eklat die allergeringsten sein können.

Bringt das Faß nicht zum Überlaufen, schreit Franz.

Er hastet in die Wohnung. Die Dokumente liegen nicht an ihrem Platz. Eigentlich wollte er im eigenen Land Urlaub machen. Vor zwei Monaten war keine Rede von Ausland. Er hatte von keiner italienischen Salvienpflanzerin gehört. Er hat mit Alois und Otmar gelegentlich ein Bier getrunken. Jetzt hat er das ganze Rudel am Hals.

Die Fantasie übertrifft die Tatsachen bei weitem, sagt der Meister Franz.

Die Papiere sind nicht in der Wohnung. Wie ein Haifisch in einem Bottich gefüllt mit Vollblut stürzt er zurück zum Wagen, wo die Dokumente durch die Tageszeitung verdeckt auf dem Beifahrersitz liegen. Franz tritt die Reise mit zitterndem Körper erneut an.

Papa, du bist doch wach, oder? Rene registriert mit wachsendem Schrecken die rasche Annäherung an einen holländischen Fernlaster, der vor ihnen stehen geblieben ist. Franz bremst mit rauchenden Reifen.
Jetzt schauen wir uns die Nummerntafel von dem Holländer aber ganz genau an, sagt Schillbär.
In der Fantasie hätten wir uns bis zum Führerhaus hineingebohrt, sagt Nicole.
Papa, wirst du jetzt wirklich wahnsinnig?
Der Meister Franz sagt gar nichts. Er freut sich, daß er die Dokumente unter der Tageszeitung auf dem Beifahrersitz gefunden hat.
Wir werden schlauer sein als die anderen, sagt der Stadtgartenmeister Franz. Wir lassen uns zurückfallen, dann nehmen wir die Autobahn in den Süden, überqueren die Grenze in der Weingegend, wo es niemals Wartezeiten gibt, fahren durch Slowenien, wo es keine Kontrollen gibt, stoßen direkt vor Triest auf die anderen. Wir werden sie an der Einfahrt nach Triest bereits erwarten.

Wir werden die anderen niemals wieder treffen.
Mama hat unsere Surfausrüstung.
Otmar hat die Hosen und den Fußball.
Verdammt in alle Ewigkeit, wir werden vor ihnen dort sein und sie erwarten. Den Geist für Geschwindigkeit und Größe werde ich euch noch beibringen müssen.

Wie ein Pfeil bohrt sich der rote Sportwagen durch die heiße Luft. Ein häßliches Vibrieren läßt sich hören. Wie Kulissen tauchen die unzähligen Ketten von Hügeln voller Weingärten auf. Der rote Sportwagen verbreitet bei Überholten und Entgegenkommenden großen Schrecken. Die Gemütlichkeit der Weingegend wird selten durch einen Vollgeschwindigkeitsrausch unterbrochen. Die Bewohner der Weingegend fahren lieber in der Nacht gegen Kastanienbäume oder stürzen über steile Böschungen in Gräben mit kleinen Bächen. Die Gasttrinker aus der nahen Stadt finden nach durchzechten Abenden ihre Autos auf den unbeleuchteten Parkplätzen nicht mehr wieder und bleiben dadurch von Unfällen mit ihren eigenen Autos meist verschont. Manche bestellen als Ersatz ein Taxi, das an einen Kastanienbaum prallt oder in einen Graben stürzt. Die Taxifahrer sind meist Einheimische.

Mit einem häßlichen Vibrieren hebt der rote Sportwagen an einer Kuppe ab. Er überspringt einen Hund und kommt einem am Stock gehenden Altbauern sehr nahe.
Diese Leute sind ein nicht tragbares Risiko, schreit der Meister Franz.
Die Kinder finden Gefallen an dem immer wieder neu gewonnen Leben und feuern Franz an. Er fühlt seine Verwandtschaft zu fliegenden Erzengeln und Teufeln, die eine schwarze Doppelspur hinterlassen.

Sie erreichen die Warteschlange vor dem Grenzübergang voller Überraschung. Ein Band aus Blech bewegt sich kaum wahrnehmbar auf ein winziges Häuschen zu, in dem souveräne Beamte einen verantwortungsvollen Dienst versehen. Die Entwicklung eines kaum bekannten Schlupflochs im Verlauf der Grenze zur Existenz als Geheimtip bürgt für dessen schnellstmögliche Verbreitung.

Franz beginnt das Hirn zu dampfen. Er steigt aus und geht bis zur nächsten Kurve. Das winzige Häuschen ist in der Ferne zu sehen. Einige Fahrer drehen um. Durch das Fehlen der Aufgebenden kommt eine kleine Bewegung in die Kolonne. Franz rennt zu seinem Wagen zurück. Er haßt die Fahrer, die im entscheidenden Moment nicht an ihrem Posten sind. Franz beginnt stärker zu schwitzen. Die wahren Tragödien spielen sich an den ganz kleinen Schranken ab in den entlegensten Gegenden. Die wahren Tragödien werden im Radio nicht erwähnt. Am nächsten Tag steht kein Wort über diesen zum Himmel schreienden Kontrollwahnsinn in der Zeitung. Franz denkt sich aus, was er dem Grenzbeamten in seine hochnäsige Visage schreien wird. Die anderen werden vor ihnen in Triest sein. Nur Otmar konnte auf die Idee kommen, zuerst nach Triest zu fahren. Wegen Maximilian, der Romantik eines hoffnungslosen Aufbruchs zuliebe. Otmar hat einen irreparablen Schaden in seinem klugen Kopf. Miramare ist ein Thema für Träumer. Solche Träumer sitzen in diesen Autos und lassen den Motor absterben, wenn sie endlich einen Meter fahren könnten.

Ein hoffnungsloser Aufbruch ist das, schreit der Meister Franz.

Die Kinder können den tiefen Sinn seiner Worte nicht verstehen.

Franz wird eintreffen, wenn die Karten längst gemischt sind. Die Würfel werden bei der ersten Besichtigung fallen. Alois wird sich längst an Anneliese herangemacht haben, bis wir diese verfluchte Grenze passiert haben.

Franz läßt den Motor aufheulen, er drückt den Gang hinein, er dreht wie verrückt an seinem Sportlenkrad, die Reifen quietschen. In die stehende Kolonne kommt Bewegung. Weit aufgerissene Augen begleiten die rasende Fahrt des Stadtgartenmeisters Franz. Ein einzelner Transporter kommt ihm auf der zweiten Fahrbahn entgegen. Der Fahrer des Transporters besteht nicht auf seinem theoretischen Recht und erkennt das Recht des Aggressors an.

Wie in der Politik, schreit Franz, und sieht den Transporter im Rückspiegel in den Straßengraben sinken.

Die Leute in der Kolonne haben genug Zeit, was muß er auch so schnell fahren mit seinem Transporter. Franz

beginnt, den Stau an der Grenze zu genießen. Er reiht sich mit rauchenden Reifen vor einem reaktionsschwachen Fahrer ein. Dem Kontrollbeamten wünscht er einen schönen Tag.
Zu den Amtspersonen mußt du freundlich sein, erklärt er. Wehe wenn mir einer in so einem Ton kommt, wenn ich im Dienst bin. Das Drohende in der Stimme des Meister Franz läßt keinen Zweifel.
Die Kinder sind stolz auf das Oberhaupt der Familie. Wenn sich der Vater freut, lacht den Kindern der Himmel. Egal wie alt sie sind. Das Alter tut nichts zur Sache. Wenn der Vater eifersüchtig ist, merkt man ihm das Alter auch nicht an. Franz ist oft eifersüchtig.

Du sollst nicht von dir auf andere schließen, sagt seine Frau.

Hildegard macht es sich leicht. Wenn die richtige Zeit kommt, wird er ihr die entscheidende Frage stellen. Einmal im Lauf dieses Urlaubs wird der Moment kommen. Er wird sie ganz ruhig fragen. Die Stimme darf nicht zittern in einem derartigen Moment. Sie wird nicht leugnen. Seine Stimme wird so ruhig sein, daß sie sämtliche Affairen gesteht. Selbst die gedachten Affairen, die begehrlichen Blicke. Er wird ein Racheengel ohne Nachsicht sein. Sie wird spüren, daß seine jahrelange Nachsicht nur die Ruhe vor dem Sturm war.

Sie sind seit achtzehn Jahren verheiratet. Als Rene zur Welt kommen wollte, haben sie sich zur Hochzeit entschlossen. Franz war nicht verliebt. Er war vernarrt in seine wunderbare Hildegard. Warum sind sie einander nicht näher gekommen. Hildegard hat sich immer selbständig gefühlt. Sie sagt bei jeder Gelegenheit, daß sie niemandem gehört. Niemandem, verstehst du! Wenn sie das sagt, wird Franz immer sehr eifersüchtig.

Franz weiß nicht, wie weit die gegenseitige Annäherung von Menschen gelingen kann. Manchmal kommen ihm die eigenen Kinder wie Fremde vor. Was sie ihm nicht alles verschweigen. Wie sie ihn hintergehen. Sie schleudern ihm Meinungen ins Gesicht, die sie ihren Freunden nie im Leben zumuten würden. Der Mensch ist ein Einzelgänger. Er sehnt sich nur auf höhere Vorschriften hin nach einer paarweisen Anordnung.

Franz denkt gern über das Leben nach, wenn er Auto fährt. Er holt stetig Sekunde um Sekunde heraus. Mit Blinkzeichen und Hupen bahnt er sich einen Weg zwischen Lastwagen und Traktoren. Der einzige Berg auf ihrer Strecke wird in zahlreichen schmalen Kurven überwunden. Franz muß oft hupen.
Südländer, schreit Franz, als ein entgegenkommender Fernlaster auf ihn zufährt, ohne Rücksicht sind diese Mörder. Nicht immer kann der Meister Franz ungestört über das Leben nachdenken.

Keine Ruhe habe ich, deswegen komme ich auf keinen grünen Zweig.

Den Kindern ist heiß. Außerdem sind wir schon lange keine Kinder mehr, sagen sie. Sie wollen nicht seine Kinder sein. Was dann? Der Wagen schlittert durch eine Kurve, in der Rollsplit liegt. Uns ist schlecht. Franz möchte wissen, was ihnen eigentlich paßt. Da spart man das ganze Jahr, damit man ihnen einen richtigen Urlaub bieten kann. Das ist der Dank dafür. Beschwerden. Die Sitze sind zu eng. Sie können nicht mehr sitzen. Nach so kurzer Fahrt können sie nicht mehr sitzen. Das kann ein schöner Sommer werden. Ein Motzurlaub. Kaum sind sie zurück, gehen sie zu den Freunden und geben mit allem an, was passiert ist. Daß sie die Schnellsten waren auf den Straßen, daß man das Geld mit vollen Händen ausgegeben hat. Sie spielen ein Nonsensspiel. Wer einen Satz sagt, der einen Sinn ergibt, hat verloren. Franz haßt die Spiele der Jungen. No future, haben ihm Vandalen auf das Denkmal inmitten der Salvienbeete gesprüht. Wenn er wüßte, was das genau heißt. Er spürt, daß die Jungen solche Dinge immer ganz genau wissen.

Die Hauptsache ist Triest. So hungrig könnt ihr nicht sein. Triest, versteht ihr. Der Kreisverkehr. Wir müssen zuerst an dem Kreisverkehr sein. Wir wollen denen gleich von Anfang an zeigen, wer sie sind und wer wir sind. Die Kinder müssen aufs Klo, haben Hunger, haben Durst. In den Beinen haben sie einen Krampf. Das Nonsensspiel bleibt ohne Verlierer.

Das Familienoberhaupt Franz überholt einen klapprigen Lastwagen, als das böse Vibrieren im Motorbereich in eine ungewöhnliche Stille übergeht. Der Wagen rollt mitten auf der mehrspurigen Stadtautobahn mitten in Laibach aus. Es ist keine richtige Autobahn, sagt Schillbär, du mußt das Pannendreieck nur in fünfzig Meter Entfernung aufstellen.

Heute ist kein guter Tag, sagt Franz, heute ist überhaupt alles im Ofenrohr.

Der klapprige Lastwagen fährt vorbei. Der Fahrer hat gelacht. Er hat es ganz genau gesehen. Die Passanten werfen einander Blicke zu. Was glotzen die so blöd. Franz hätte es sich niemals träumen lassen, daß er mit diesem Fahrzeug einmal in einem Land des ehemaligen Ostblocks mit einer Panne am Straßenrand stehen würde. Sein Vorurteil gegenüber Kommunisten in Mitteleuropa ist stark ausgeprägt. Er hat immer gesagt, die Autos von den Kommunisten bleiben liegen, weil die Leute nicht fähig sind, die Fortbewegung unserer Zeit mitzumachen. Den Spruch hat er aus einer unabhängigen Zeitung. Franz schämt sich. Verdammt in alle Ewigkeit, er schämt sich mehr als seinem ruhigen Äußeren gut tut. Er beginnt, das Auto wie ein Raubtier zu umkreisen. Einmal tritt er sogar mit dem Fuß gegen einen Reifen. Den Motordeckel zu öffnen hat keinen Sinn, weil der Motor und seine Begleiterscheinungen für ihn ein spanisches Dorf sind. Rene redet von Bedienungsanleitung und Notwerkzeug. Nicole sagt, Pannendienst. Franz fühlt, wie die schöne Zeit zu Ende geht, in der das Auto ohne Störung die Kilometer gefressen hat.

Während ein freundlicher Pannenhelfer seinen Werkstattwagen neben ihnen einbremst, beginnt Franz immer schwungvoller zu fluchen. Die Kinder lernen eifrig dazu. Sie nützen die Gelegenheit, den Wortschatz an Bezeichnungen für die Zustände und deren Urheber in südlichen Ländern aufzufrischen.

Der slowenische Pannenfahrer versteht sehr gut deutsch. Er klärt den Meister Franz auf, daß der Wagen ein deutsches Fabrikat ist. Franz droht ihm leise mit einer schrecklichen Tat. Der Pannenfahrer setzt sich auf den Fahrersitz und beharrt darauf, den Startschlüssel zu brauchen. Franz ahnt, welche Niederlage ihm droht, und verweigert den Startschlüssel.

Laß ihm doch den Schlüssel, sagen die Kinder, wenn der Motor nicht geht, kann er mit dem Auto doch nicht davonfahren.

Franz beharrt darauf, daß der Platz des Pannenfahrers unter der Motorhaube ist. Der Pannenfahrer erhebt sich vom Fahrersitz und hinterläßt einen Ölfleck auf dem Sitzbezug. Franz wiederholt sein unerwartet großes Repertoire an Bezeichnungen für die Bewohner von Ländern des Südens, das er um die einschlägigen Fachbegriffe für Bewohner des ehemaligen Ostblocks erweitert. Der Kopf

des Pannenfahrers verschwindet unter der Motorhaube. Franz startet den Motor.
Alles in Ordnung, sagt er, kann fahren bis Werkstätte.
Franz folgt dem Pannenwagen mit großem Widerstreben. Auf den Gehsteigen drängen sich viele Menschen, die ihm schadenfroh hintendrein lachen. In Wirklichkeit lachen sie über Begebenheiten, die sie sich gegenseitig erzählen und blicken zufällig in die Richtung der Fahrbahn.
Eine Blamage in alle Ewigkeit, sagt Franz. Die Kinder sind sehr ruhig. Wenn das Auto nicht in Ordnung ist, wird das Oberhaupt der Familie sehr empfindlich. Der Meister Franz durchleidet die Probleme des mechanischen Wunderwerks wie Gebrechen des eigenen Körpers. Er fühlt das Stechen im Vergaser als Folge einer leichten Verstimmung des Einspritzcomputers.
Mit einem derartig diffizilen Leiden geht man nicht zum Tierarzt, murmelt er und folgt dem Pannenwagen weiter mit großem Widerstreben. In der Werkstätte versammeln sich alle Mechaniker um den exotischen Wagen und betasten die Karosserie. Während die Gehilfen Franz an seinen Kleidern zurückhalten, setzen sich die Meister der Reihe nach auf den Fahrersitz, drehen am Startschlüssel und lassen den Motor kurz aufbrüllen. Auf den Sitzbezügen hinterlassen sie Ölflecken. Franz versteht ohne Erklärung, daß der Pannenfahrer seinen Kollegen im Innendienst den Genuß eines derartigen Fahrzeugs nicht vorenthalten wollte. Gegen eine geringe Gebühr in fester Währung kann er die Fahrt wieder antreten. Der Chefmechaniker gibt ihm den Rat, sobald wie möglich eine Werkstätte aufzusuchen.
Franz bedeckt das Gelände noch einmal mit einer Lawine von ausgesuchten Flüchen.

## EIN SCHÖNES LEBEN HABEN WIR UNS GESCHAFFEN

Franz hat seinen Sessel neben den des Richters gerückt. Er faßt den Richter am Arm.
Was ist besser, fragt er. Soll der Mensch zuerst etwas anstellen, oder soll er sich gleich verhaften lassen.
Der Richter versucht an ihm vorbei die Annehmlichkeit der weiblichen Gestalt an der Theke zu genießen.
Was ist besser, brüllt ihm Franz ins Ohr.
Sie haben getrunken, sagt der Richter.
Egal, auch an normalen Tagen vermischt sich alles in meinem Kopf. Was schon geschehen ist. Was weiter daraus wird. Was sich ändert, wenn die Fäden lockerer werden.
Wir beurteilen, was wir erkennen, sagt der Richter.
Und wenn sie erkennen, wozu ich fähig bin?
Es muß nicht dazu kommen.
Es macht keinen Unterschied. Ich habe mich ein Leben lang in dicke Mäntel gehüllt, sodaß ich mich kaum jemals richtig bewegen konnte. Warum sollte ich diese Mäntel nicht abschütteln? Es gibt nicht viele Möglichkeiten, seine Umgebung wieder los zu werden. Ob ich es auf dieser Reise getan habe oder erst während der nächsten, macht keinen Unterschied.
Der Richter stöhnt. Sie müssen mir ungefragt keine Auskunft geben.
Franz ist auf weiße Mischungen umgestiegen. Wein mit Wasser ist gesünder. Der halbe Alkohol, das sagt die Logik. Die Pächterin des Gerichtscafés bereitet dem Richter eine Portion Schinkenfleckerl. Die Kochplatte steht auf einem Regal neben dem Tisch, an dem der Meister Franz sitzt. Der Meister Franz wendet sich vom Rich-

ter weg und zwingt seinen Blick auf den ihm zugewandten Rücken der Wirtin.

Ich werde dir jetzt einmal etwas sagen, beginnt Franz siegessicher. Diesmal wird die Zeit bis zur Fertigstellung der Schinkenfleckerl reichen, der abweisenden Person alles ganz genau zu erklären.

Der englische Prinz ist eine Zumutung.
Der amerikanische Präsident weiß nicht einmal, wo er den nächsten Krieg beginnen soll.
Die Serben erschießen die Kroaten, die Kroaten die Mohammedaner, die Albaner die Mazedonier. Jeder erschießt jeden, der ihm unterkommt.
Die Eisenbahner wollen nicht auf ihre Pension verzichten.
Die Kammern haben mehr Funktionäre als Mitglieder.
Die Schirennen sind nicht mehr das, was sie früher waren.
Überhaupt ist der ganze Sport eine flaue Sache.
Autorennen sind noch das Einzige.
Die Industrie geht in die Knie.
Überall dauernd neue Strukturen.
Neue Geschäftsführer.
Sie haben schon so viele Geschäftsführer verbraucht, daß sie inzwischen untereinander tauschen.
Die Versager sind zu jung. Man kann sie noch nicht in Pension schicken.
Die Russen bringen die Mafia. Vielleicht werden die unserer Polizei auf die Sprünge helfen.
Europa will werden, was es noch nie geworden ist.
Die Rechten legen den Staat aufs Kreuz.
Die alten Parteien schwimmen den Bach hinunter. Einen Dank wird es nicht geben für den ganzen Wohlstand. Uns haben sie einen kleinen Wohlstand gegeben und für sich selbst wollten die eine ganz besonders dicke Scheibe abschneiden.

Was sind das für Zeiten, wenn in den Urlaubsländern der Krieg geführt wird. Früher haben sie sich das irgendwo in der Steppe ausgemacht.
Nicht einmal vom Papst kann sich einer Hilfe erwarten.
Wenn man sich nicht alles selber richtet, wird einem die Butter vom Brot gerissen.
Ein schönes Leben haben wir uns geschaffen. Alles mit den eigenen Händen erarbeitet.
Das sollen wir uns alles wegnehmen lassen? Kommt nicht in Frage! Das Auto und den Urlaub und den Fernseher werden wir schön behalten.

Hast du das alles aus deinem Fernseher, fragt die Wirtin. Du gehst mir ganz gewaltig auf die Nerven damit.

Wer die Nachrichten schaut, weiß was in der Welt passiert.

Wenn er es nicht versteht, ist alles umsonst. Außerdem lügen die, sobald sie den Mund aufmachen.

Fernsehen und Urlaub sind das einzige, was wir haben von der Welt.

Schön, wenn es dir noch nicht zu blöd geworden ist. Die Wirtin blickt kurz von der Pfanne auf.

Man ist nicht allein auf der Welt.

Das weiß ich auch ohne Fernsehen.

Man kann jeden noch so großen Wahnsinn machen und findet immer einen Kollegen im Fernsehen. Was ich getan habe zum Beispiel, das habe ich vorher schon mindestens zehnmal gesehen und seitdem noch viel öfter.

Was wirst du schon gemacht haben?

## ZURÜCKGESCHMETTERT

Franz trifft als letzter am Kreisverkehr in Opicina ein. Das häßliche Vibrieren hat sich verstärkt. Auf mehrere ausflüchtige Arten vermittelt Franz der Gruppe den unseligen Hergang seiner Anreise und bereitet auf besonders schonende Art den Weg für einen unbedingt erforderlichen Werkstättenbesuch mit seinem roten Geschoß. Die Werkstätten haben um diese Zeit geschlossen. Man wird die Nacht auf dem nahen Campingplatz verbringen.

Auf dem Campingplatz ist der Strom ausgefallen. Es gibt die Reste der Jause für unterwegs als Abendessen. Nichts ist so, wie man es sich vorgestellt hat. Der Kassier am Schranken gibt ihnen einen Hinweis auf eine Werkstätte, die sich auf rote Sportwagen spezialisiert haben soll. Alois fährt voraus. Er hat auf der Basis seiner natürlichen Autorität als Mitarbeiter einer Spedition die Führung übernommen. Mit großen Gefühlen sind die Seelen vollgestopft, als die Wagen ständig aufeinander wartend nach Triest hinunterrollen. An dem kleinen Parkplatz vor der scharfen Linkskurve kann der Führende dem Drang nach einem Erinnerungsfoto nicht mehr widerstehen. Mit vereinten Winkgebärden wird der Urlaubstransporter wieder auf die Straße zurückgelotst. Die Einheimischen hupen. Alois beherrscht italienische und internationale Schimpfwörter und Gebärden. Er ist stolz, das internationale Alfabet der obszönen Gesten wie eine Muttersprache zu beherrschen. Die Töchter glucksen vor Freude.

Die Werkstatt für rote Sportwagen befindet sich in einer Gasse, die allen anderen Gassen des Stadtviertels ähnlich sieht. Der Wagenzug kommt mehrmals am kleinen Hafen vorbei und gelangt in eine Umlaufbahn am Fuß des

Festungsberges. Alois muß die Führung an Otmar abgeben. Otmars Wohnwagen verklemmt sich in einer der engen Gassen. Als die Kinder endlich aufschreien, weil sie eine Auslage voll roter Autos entdeckt haben, bremst Franz abrupt ab und sagt, ich habe das sofort gewußt.

Die Kinder verstehen ihren Vater auf Anhieb. Das ist die Sprache des Blutes, denkt Franz, ohne den Gedanken laut auszusprechen. Manchmal ist der Meister Franz sehr zurückhaltend. Der Stadtgartenmeister Franz, das Oberhaupt einer auf zwei sehr ungleiche Fahrzeuge verteilten Familie gibt seine Zurückhaltung erst auf, als der elegante Verkäufer ihn mit dem Hinweis vor den Salon begleitet, daß die angeschlossene Werkstätte wenige Gassen weiter sicher leicht zu finden sein wird.

Auf dem langen Weg in die benachbarte Gasse liest Franz die übrigen Mitglieder seiner Gruppe wieder auf. Er vermißt Blumenbeete und Baumscheiben. Triest ist ein Ort der steinernen Gesinnung. In der kleinen Werkstätte erhält er die Auskunft eines wahren Fachmanns, der sofort zu erkennen meint, wo das schleichende Leiden im Organismus des roten Wunderwerks seinen Ursprung hat. Der wahre Fachmann bedauert, von der Generalvertretung in Turin nur selten die richtigen Ersatzteile geliefert zu bekommen und vermittelt ihn an einen befreundeten Werkstättenbesitzer in Padua. Franz beginnt das Gehirn zu dampfen.

Wie soll ich Padua erreichen, wenn sie mir das bitte sagen können.
Über die Autobahn.
Ich meine das Vibrieren.
Dann eben langsam. Mit Gefühl.
Wißt ihr, wie weit das ist, schreit der Meister Franz, eine Zumutung ist das.

Der Mechaniker wiederholt die Geschichte von den vorenthaltenen Ersatzteilen. Als Franz die Mafia erwähnt und alle Ausländer in den großen Topf der Verdammung wirft, greift der Mechaniker nach einem schweren Schraubenschlüssel. Alois fällt aus dem Hintergrund in die begonnene Tirade ein und besiegelt damit die Notwendigkeit eines überhasteten Aufbruchs. Der Mechaniker schlägt ihm eine Delle in die Seitenwand. Alois schreit vor Schmerz auf. Er hat im Rückspiegel blitzschnell erkannt, daß das Ausmaß des Schadens in den Bereich des Selbstbehalts der Versicherung fällt.

Franz findet den Weg in Richtung Autobahn. Die Fahrt ist angenehm, solange das allgemeine Tempo das von seiner beschädigten Maschine noch erreichbare nicht übersteigt. Sie gleiten an der Promenade entlang, die nach Miramare hinausführt. Die Kinder haben Hunger. Otmar deutet durch aufgeregtes Lichthupen an, daß die Besichtigung des Schlosses von Miramare jetzt durch das Abbiegen auf den Parkplatz einzuleiten wäre. Franz tut, als ob er die Lichtzeichen nicht bemerken würde. Anneliese jauchzt vor Glück. Das Abenteuer hat begonnen. Otmar verschwendet einen Gedanken an die Einzelheiten eines Blutbades.

Der Garten von Miramare, sagt Franz, als sie in den Tunnel der Unterführung einfahren. Die Kinder sollen im Urlaub etwas lernen.

Franz betet. Sie fahren auf der Autobahn mit sehr geringer Geschwindigkeit dahin. Der rote Wagen ruckt und zuckt. Franz betet, daß diese Fahrt ein Ende haben möge. Herr Gott im Himmel, laß alles nicht wahr sein. Ich habe immer damit gerechnet, daß einmal die große Strafe kommt. Nach dem Urlaub, gewiß Herr. Führe mich durch dieses Unglück hindurch. Eine Verstimmung bitte. Eine

Verrenkung vielleicht. Aber womit ich dieses bleibende Leiden, diese Verstümmelung verdient habe, weiß ich wirklich nicht. Herr Gott im Himmel, laß es aus sein, laß uns hinunterstürzen über den Hang und die Felsen und hinein in die Dornenhölle. Laß uns verschwinden und laß es nicht wahr sein. Was sich die Anneliese denken muß, ist nicht auszudenken. Zum Teufel mit der ganzen Angeberei, wenn jetzt alles umsonst war. Sie lacht. Ich sehe es in diesem vibrierenden Rückspiegel. Mein Leben ist ein Scherbenhaufen ohne den eleganten Schwung von sechs Zylindern mit vierundzwanzig Ventilen.

Der Hunger der Kinder hat sich bis zu den ersten Anzeichen einer Meuterei gesteigert. An eine Pause ist vor dem Erreichen der Spezialwerkstatt in Padua nicht zu denken. An der Stadteinfahrt geht Franz in eine Bar, um nach dem Weg zu fragen. Versehentlich zieht er das Einwickelpapier für Salvien hervor. Der Mann an der Theke lacht verschwörerisch auf. Franz entreißt ihm den Zettel ungehalten. Die Werkstätte hat geschlossen. Der Meister kommt um fünf, sagt ein Mann, der sich gegenüber aus dem Fenster lehnt. Niemand versteht ein Wort. Alois versteht die Sprachen des Südens nicht immer gleich gut. Nicole hat die Jahre in der Schule verschwendet. Rene kann Latein, wenn er die kleine Übersetzungshilfe zur Hand hat. Schau nach, herrscht ihn der Vater an, vielleicht faselt der Mann am Fenster lateinisch. Rene lacht blöd. Er ist sich nicht ganz sicher.

Der Mann von der Werkstatt kommt auf einem Mofa. Sein Gehilfe folgt auf einem Motorrad. Der Eingang zur Werkstatt ist so schmal, daß nicht einmal der schlanke Sportwagen durch dieses Nadelöhr paßt. Der Mechaniker hat sie erwartet. Der Freund in Triest hat ihn informiert.

Perfekt organisiert, sagt Otmar.

Eines muß man den Italienern lassen, sagt Alois.
Schwarze Locken, sagt Anneliese Nicole ins Ohr.

Der Mechaniker heißt Angelo. Er treibt den Motor im Stand hinauf wie ein Teufel. Franz beginnt die Mitte des Leibes zu dampfen. Er mag es nicht, wenn ein Fremder sein Baby berührt. Angelo sagt, der Fehler steckt im Elektrischen. Er schickt den Gesellen mit dem Motorrad zu einem Autoelektriker. Massimo wird den Wagen zum Autoelektriker bringen. Der ist ein wahrer Künstler. Einige Jugendliche auf klapprigen Mofas begleiten Massimo, als er sich an das Steuer des roten Babys setzt. Er ruckt und zuckt davon. Angelo empfiehlt ihnen, inzwischen im Café zu warten. Die Kinder stürzen sich auf die Sandwichs an der Bar. Der Kellner serviert Franz einen Grappa auf Kosten des Hauses. Er sieht ihm das unheilbare Leiden an. Die Gruppe schnattert sich gegenseitig die Erlebnisse des Tages zu. Angelo entfernt sich, um in der Elektrikerwerkstatt nach dem Rechten zu sehen.

Als es dämmert, serviert der Kellner Franz einen weiteren Grappa. Der Stadtgartenmeister Franz ist ganz still geworden. Alle anderen sehen ihm zu, wie er still ist.
Immerhin sind wir noch alle am Leben, sagt die Frau.
Franz stiert sie entgeistert an, ein Leben soll das sein? Ohne Wagen? Ohne mein Baby?
Es hat keinen Sinn, Franz, sagt Anneliese, es war sehr schön und ist vorbei. Der Hellste warst du nie. Einmal muß etwas daneben gehen.

Franz weiß ganz genau, daß er diesen Angelo und seinen Massimo nie wieder sehen wird. Wenn er sie jedoch durch Zufall wieder sehen sollte, wird er grausame Rache üben.

Mitten in einem feindlichen Land steht Franz an der Leitschiene. Die Lastwagen ziehen vorbei. Der Fahrtwind reißt an seinen schütteren Haaren. Am Fuß des Straßendamms glitzert eine grünliche Schlammsuppe. Es stinkt nach dem Meer vom vergangenen Jahr. Wenn Franz jemals einen Sportwagen besessen hätte, wäre er ihm heute in Padua ebenso gestohlen worden wie sein leicht angerostetes Coupé.

Niemals in seinem ganzen Leben wird Franz mit einem Sportwagen in ein Land fahren, in dem ihm dieser Wagen gestohlen werden könnte.

## DIE EROBERUNG

Die Szene des nächsten Morgens ist von hellem Licht erfüllt. Die bunten Gegenstände werfen keine Schatten. Die Blätter der Pappeln bewegen sich nicht. Franz sitzt sehr ruhig am Steuer des kleinen Wagens seiner Frau. Die Ameisen sind während der Nacht auf abenteuerlichen Wegen in den Innenraum gelangt. Es sind kleine schwarze Ameisen mit festen Absichten. Franz sitzt ganz ruhig und beneidet die Ameisen.

Hinter dem Sandwall erstreckt sich der Strand. Die aufgeregten Stimmen haben sich entfernt. Die Kinder schwimmen in dem vollkommen ruhigen Wasser. An diesem Strand schreien nicht einmal die Möwen. Franz sieht, wie Alois sein Frühstück um einige Dosen Bier erweitert. Einmal öffnet er eine Dose, bevor er die vorangegangene geleert hat. Franz denkt über das Fänomen der Vernichtung nach. Es ist, als ob du einen Bach austrinken wolltest. Alois wird nicht ruhen, bis er all die Dosen Bier aus Otmars Wohnwagen geleert hat. Sie haben dreiunddreißig Sorten Bier eingekauft. Sogar italienisches Bier gibt es daheim im Supermarkt. Wenn die Einteilung stimmt, müssen sie auf der ganzen Reise kein einziges Mal einkaufen.

Franz zieht seine Hand vom Startschlüssel zurück. Es ist zu früh, zum Aufbruch zu drängen. Otmar blättert in Kulturführern. Von Zeit zu Zeit erhebt er sich und rühmt Italien als eine unendliche Schatztruhe. Nach einem Blick in die Ferne setzt er sich wieder neben Anneliese. Anneliese bräunt die Unterseite ihrer üppigen Brust mit einer reflektierenden Folie, die sie wie ein offenes Buch hält. Franz hat sich auf den Sandwall gestellt und das Spiegelbild auf der Folie betrachtet. Bei der ersten Gelegenheit wird er den Papierfresser aus dem Weg räumen. Er holt Werkzeug und lockert die Deichsel des Wohnwagens. Nach ein paar Kilometern wird sich die innige Verbindung von Kombi und Wohnwagen lösen. Franz sagt, das hat so kommen müssen. Er läßt seine Familie ebenso zurück wie Otmar, den Kombi, den Wohnwagen und fährt mit Anneliese weiter in den Süden. Anneliese gesteht ihm ihre seit vielen Jahren brennende Begierde und umschlingt ihn mit den Armen. Franz kann den Kleinwagen gerade noch zu einem Luxushotel an den Felsen bei Amalfi dirigieren, bevor die Leidenschaft aus ihnen beiden herausbicht. Franz genießt es, das Wort Leidenschaft zu denken.

Wenn man sich auf den Sandwall stellt und die Hände schützend über die Augen breitet, sieht man das Ende des Strands nicht. Vor den Hotels sind die Strandstreifen mit verschiedenen Arten von lächerlichen Zäunen voneinander getrennt. Die Liegestühle werden morgens ausgegeben und zu den Sonnenschirmen geschleppt. Abends sammelt eine eifrige Mannschaft die Liegestühle wieder ein. Die Tretboote werden abends den Strand hinaufgezogen, als ob man auf eine längst überfällige Springflut warten würde. An keinem einzigen Swimmingpool wird zwei herrlichen Frauen in knappen Bikinis ein exotischer Drink serviert. Sogar die banalen Dinge werden dem durchschnittlichen Kunden vorgelogen. Franz fühlt sich nicht durch die Tatsachen betrogen. Er weiß, warum bestimmte Bilder in den Zeitungen erscheinen. Er bedauert, der Anregung seiner Fantasie durch diese Bilder vollkommen wehrlos ausgeliefert zu sein.

Ist das Weibliche neben dem Männlichen die Variation eines einzigen Themas? Weiß und schwarz. Bereit und widerstrebend. Hildegard bemüht sich, den Strand im Umkreis ihres Liegeplatzes in einen aufgeräumten Zustand zu verwandeln. Ohne angesprochen zu werden, erklärt sie, daß die anderen ihren Beruf haben, ihr aber nur die Putzerei bleibt. Hildegard hat keinen guten Tag. Selbst bei Windstille ist ein feiner Sandstrand ein tückischer Gegner für Säuberungsaktionen. Sie wirft Franz vor, das Badetuch an seinem freien Ende nicht einmal versuchsweise festzuhalten.

Laß die sinnlose Stichelei, sagt Franz.

Für dich ist es Stichelei, wenn ich den Mund aufmache.

Ganz richtig.

Du meinst also, ich stichle, wenn ich den Mund aufmache.

Ich habe richtig gesagt. Du reißt alles aus dem Zusammenhang.

Zwischen uns ist kein Zusammenhang, das weißt du.

Wenn das so ist.

Wirst du das Badetuch endlich festhalten?

Franz hält das Badetuch fest. Alois bietet ihm ein Bier an. Franz ist es nicht gewohnt, am Vormittag Bier zu trinken. Er macht eine Ausnahme.

Im Urlaub muß man sich etwas gönnen. Man hat doch sonst nicht viel vom Leben.

Was ist denn ein Urlaub sonst als eine Gelegenheit für ein gutes Bier zu jeder Zeit.

Franz freut sich über das Zischen, wenn er das Bier öffnet. Das Bier ist warm. Alois hat die Bedienungsanleitung für den Kühlschrank vergessen. Hildegards Bemühungen lassen einige Sandkörner gegen die Bierdose springen. Franz beginnt zu brüllen.

Wenn ich schon an diesem miserablen Strand sitzen muß, auf dieser flachen, öden, unendlich heißen Sandwüste sitzen muß, ist es dann zuviel verlangt, daß ich mein Bier in Ruhe trinken kann?

Sehr richtig, sagt Alois. Seine Stimme ist trotz der vielen Biere fest. Niemals würde man erraten, daß Alois auf seiner ersten Fahrt mit dem Fernlastzug an der Stadtgrenze einen Personenwagen gegen eine sehr stabile Straßenbegrenzung gedrückt hat. Alois springt voll Schreck aus dem Führerhaus seines Lastwagens und sieht all das Unheil an der Straßenbegrenzung und rennt weg. Fast an jedem Tag erinnert er sich an die erste Fahrt mit dem Fernlastzug. Sie haben die Flasche unter seinem Sitz gefunden. Er war nie vorher ins Ausland unterwegs. An das Gericht erinnert er sich nicht mehr. Der Anwalt hat ihn in eine sinnlose Verlängerung getrieben. Drei dunkel gekleidete Herren haben bedenklich die Köpfe gewiegt und ihm die Seele in der Mitte entzwei gerissen. Es hat wirklich nicht lange gedauert, bis er sich alle Chancen in seinem Leben verbaut hat. Franz läßt Alois in dem Glauben, er hätte die Geschichte seines Unfalls nie gehört.

Er zieht ihn auf, weil er mit den Sprachen des Südens seine Not hat. Alois wahrt immer den Schein des Weitgereisten. Richtige Freunde sind nur Begleiter von Kindheit an. Die späteren Freunde sind Kollegen. Kollegen spionieren in der Vergangenheit, bis sie sämtliche wunden Punkte entdeckt haben. Alois vermutet, Franz könnte etwas erfahren haben. Er lebt seit Jahren von dem Rest seines Gehalts, der ihm nach der Pfändung verbleibt.

Franz öffnet ein weiteres Bier. Die Kinder diskutieren darüber, wie lange sie von ihren Eltern noch Kinder genannt werden. Der Strand ist ein schöner Platz für neue Gedanken. Die Kinder konstatieren den allgemeinen

Schwund eines nie vorhanden gewesenen Geistes bei ihren Eltern. Die Eltern tun, als ob sie nichts gehört hätten. Die Kinder reden so laut, daß auch die dämlichen Nachbarn mit dem Segelboot alles verstehen können. Der Mann mit dem Segelboot flüstert seiner Frau etwas ins Ohr.

Schließlich entdecken die Kinder beim Tauchen das Abflußrohr eines Hotels. Das Rohr ist schräg im Sand vergraben worden, um die Gäste des hoteleigenen Strandes vor Inzucht zu schützen. Franz lacht über seine eigene Ironie. Überall auf der Welt werden die Rohre ins Meer geleitet. Das ist keine Übertreibung. Auf einmal sind alle einverstanden, den schönen Strand sofort zu verlassen. Otmar blüht auf. Sie werden an Ravenna vorbeifahren.

Franz genießt es, den Wunsch nach Kindern immer anderen Wünschen untergeordnet zu haben.

Franz möchte wissen, an welchem Tag dieser Himmel zerspringen wird. Am Kiosk hat er die Schlagzeilen gelesen. In Georgien gibt es Krieg, in Bosnien wird weiter gekämpft, in Somalia. Der Fremdenhaß in Deutschland. In Florida und in Guatemala werden Touristen ermordet. In Australien sind Taucher ertrunken. Vier Steirer sind in Ungarn in ihrem eigenen Wagen verbrannt. Franz freut sich, daß er bald in dem kleinen Wagen seiner Frau auf irgendeiner Autobahn dahinjagen wird. Er hat sich eine Dose Bier auf die Ablage gestellt. Das Öffnen des Verschlusses mit einer Hand bereitet ihm eine unendliche Freude. Den Ellbogen der anderen Hand läßt er im Fahrtwind kühlen. Ein kühler Arm ist eine große Freude. Er dreht eine Ehrenrunde in den beiden Hotelgassen. Der Ort mit dem wunderschönen Namen besteht aus drei Hotelzeilen. Zwischen den wunderbaren Hotels gibt es zwei wunderbare Straßen mit Cafés und Spielwarenhändlern.

Als er merkt, daß Otmar und Alois die Enge der beiden Hotelgassen nicht behagt, dreht er eine weitere Ehrenrunde. Mädchen in kurzen Hosen schlendern eingehakt auf der Fahrbahn. Mofafahrer liefern Vespafahrern ein Wettrennen. Das Radio spielt einen Discohammer. Er dreht auf volle Lautstärke. Er kann gleichzeitig die Lautstärke voll hinaufdrehen und ein Bier öffnen.

Der Himmel wird nicht zerspringen. Der Himmel liebt seine verzogenen Kinder. Franz fährt Schlangenlinien. Zum Spaß, sagt er. Er möchte einem Mädchen mit herrlichen Beinen imponieren. Die Familie kommt ihm in jeder Männersache dazwischen. Er wird ihr in das Hotel folgen und den Portier bestechen. Der bestochene Portier wird nicht zögern, ihm den zweiten Schlüssel zum Zimmer des herrlichen Mädchens auszuhändigen.

Du bist entsetzlich durchschaubar, sagt Hildegard.

Franz fühlt sich durchschaut. Er sagt den ganzen Tag kein Wort mehr.

Er sieht einen schwarzen Verkäufer über den Strand schlurfen. Der Neger mit dem breiten Sonnenhut bietet Wolldecken und Silberschmuck an. Sein Augenzwinkern vermittelt die Information, wie lange es dauern wird, bis er Rauschgift anbietet. Franz haßt Rauschgift. Nicole wird sich anstecken. Die Afrikaner haben Krankheiten. Sie werden ausgewiesen, weil sie Krankheiten haben. Nicole ist viel zu unerfahren für derartige Begegnungen. Nicole, mein Kind!

Den Ford hat Franz an einen Algerier verkauft. Einige Tage ist Franz ganz flau im Magen. Sein Ford ist aus seinem Leben gegangen. Einmal kehrt der Ford noch in sein Leben zurück. Der Algerier ruft ihn zu Hause an und bedroht ihn mit dem unverzüglichen Tod. Der Algerier ist ein Afrikaner, auch wenn er nur am obersten Rand des schwarzen Kontinents geboren ist. Der Ford hätte ein besseres Ende verdient. Der Algerier hat aus dem Krankenhaus angerufen. Er ist nicht einmal zu dem Mord fähig, den er angekündigt hat. Franz fürchtet jeden Afrikaner. Die Ausländer sehen einander ähnlich. Sie halten zusammen. Einer rächt die Ehre der Schwester seines Nachbarn. Ein anderer rächt die Ehre des Ford.

Franz beschwert sich über die erhöhte Gebühr für Geheimnummern. Die Post spart sich die Eintragung im Telefonbuch und hebt erhöhte Gebühren ein. Seine Kenntnisse reichen nicht aus, die Geheimnisse des Alltags zu erforschen. Ich weiß nicht mehr, wie viele Programme ich empfangen kann. Wenn ich durch die Kanäle reise, fühle ich, wie die Sprecher an mir vorbei reden. Sie meinen nicht mehr mich, wenn sie ihre Informationen herunterplappern. Sie wiederholen sich ständig. Ich verstehe die Meldungen nicht. Es wird geschossen. Gut. Das habe ich gesehen. Ich verstehe den Kommentar nicht. Irgendwo in der Welt haben sie aufeinander geschossen. Wenn ich mir den Namen von diesem Land merke, fahren wir dort im Urlaub nicht hin. Frühestens im nächsten Jahr, wenn sich die Lage bis zum Frühjahr beruhigt hat. Man muß die niedrigen Preise nutzen, wenn sich ein Land im Aufbau befindet. Das Wichtigste habe ich doch verstanden. Franz sitzt noch immer im Wagen seiner Frau und spielt mit dem Zündschlüssel. Alois hat ihm inzwischen ein neues Bier gebracht.

Ich habe einen Film gesehen, wo er einfach losfährt und sie am Strand sitzen bleibt mit ihrem überfüllten Badeanzug, sagt Franz.

Alois sieht erschreckt auf. Du bleibst.
Warum sagst du, ich soll bleiben?

Wir brauchen dich. Wozu hätten wir all das Bier eingekauft?
Ihr werdet das Bier allein trinken.
Otmar trinkt keinen Schluck, wenn Anneliese bei ihm ist.
Du wirst ihm die Anneliese ausspannen.
Wer sagt, daß ich will.
Du willst nichts anderes. Ohne deine Hoffnung auf einen Treffer bei der Anneliese wärst du nicht mitgefahren.
Die Anneliese, die Anneliese. Wie soll es geschehen, wenn der Kulturkönig nicht von ihrer Seite weicht.

Anneliese legt die Bräunungsfolie beiseite und umarmt Otmar. Otmar muß sich umsehen. Es ist ihm sehr peinlich, vom Hals über das Ohr zum Hals zurück und hinab in alle Tiefe an einem offenen Strand geküßt zu werden. Otmar zischt, was alle Männchen seines Schlages zischen würden. Er läßt trotzdem alles mit sich geschehen. Anneliese nimmt ihn an der Hand und zieht ihn zum Wohnwagen. Sie schließen die Tür. Der Wohnwagen beginnt zu schwingen. Die Bierdosen scheppern.

Das Bier schäumt, wenn man es schüttelt.
Eine einzige gewaltige Sauerei ist das mit dem Bier. Bei dieser Hitze. Alois entrüstet sich mehrmals.
Ich hab heute einen großen Durst, sagt Franz. Einen sehr großen Durst habe ich. Mir ist, als ob ich seit Tagen kein Bier getrunken hätte. Und einen Hunger habe ich heute, als hätte ich gestern nichts gegessen. Und eines möchte ich genau wissen, wann habe ich die Hügel Afrikas zuletzt bereist?

Franz steigt aus dem Auto. Er gibt sich selbst Antworten. Er ist nicht sicher, wie seine Selbstgespräche ausgelegt werden. Er wird sich in Zukunft besser beherrschen müssen, auch wenn das Leben immer schwerer wird in dieser verwirrten Welt.

Franz und Alois gehen zwischen den Pappeln des Campingplatzes hindurch. Der Wohnwagen schwingt und die Bierdosen scheppern.

Tiere, sagt Alois.

Sie gehen die lange Gerade entlang. Überall wuchert Gebüsch. Verrostete Plakate werben für Campari und die Möbelfabrik Zorzi. An den staubigen Straßenrändern haben sich Papierfetzen verfangen. Die Sonne brennt gerade in der Achse der Straße einen Feuerstreifen in die Richtung der beiden Fußgänger. Franz ist froh, daß Alois ein Bier mitgenommen hat.

Das Ungewöhnlichste am Leben der Durchschnittlichen ist das Weitermachen.

Sie kommen an anderen Campingplätzen vorbei. An manchen Eingängen stehen wie Cowboys verkleidete Wächter mit Pistolen. Ein Wagen rast vorbei und hüllt die beiden Männer und die Cowboys in Staub. Franz genießt es, nicht nachdenken zu müssen. Im Urlaub gibt es immer etwas zu sehen. Von einer Reise zehrt man einen ganzen Winter lang. Gefühlsmäßig.

Sie erreichen eine Bar. Alois sagt, wir gehen weiter, das ist nichts für uns. Er muß immer alles besser wissen. Franz wird die Geschichte aufwärmen, wie sich Alois mit dem Abschluß einer Versicherung gegen Hochwasser mit Höhenrabatt gebrüstet hat, weil er im letzten Stockwerk eines Hochhauses wohnt. Franz wird ihm einige herausragende Schlappen in Erinnerung rufen.

Franz folgt Alois in ein nobles Hotel. Sie lümmeln sich in die breiten Fauteuils in der Nähe der Rezeption und trinken Campari. Die Werbeplakate haben eine tiefe Suggestion hinterlassen. Die junge Frau an der Rezeption wird auf sie aufmerksam. Sie bewundert die beiden Männer, die einen Campari nach dem anderen trinken. Franz fühlt, wie ihn die Woge nach oben schwemmt. Er ist ganz nahe am großen Moment. Er spürt das ganz genau. Die Rezeptionistin nimmt sich den Nachmittag frei. Sie schließt die Kasse auf und entnimmt dem kleinen Tresor ein Bündel Banknoten. Sie wird ihn an der Hand nehmen und ihn in ein Casino zerren.

Alle Menschen träumen, sagt Franz. Meinst du, die Reichen und die Schönen träumen nicht?
Alois weiß nicht, worauf Franz hinaus will. Manchmal redet er so wirr, daß man ihn für weiß Gott wie klug halten könnte.

Über Träume und Wünsche wird viel zu wenig gesprochen. Franz läßt nicht locker. Ich habe mir das schon immer gewünscht. Ich will sagen, was mir Lust macht.

Wir sind in einem richtigen teuren schönen Hotel, sagt Alois. Du wirst dich jetzt ganz fein beherrschen.
Kommt nicht in Frage, sagt Franz ganz laut. Ich bin oben auf der Welle und da wird mich so schnell keiner herunterholen.

Die Rezeptionistin nähert sich und wispert, das haben sie sehr schön gesagt. Sie haben mir aus der Seele gesprochen.
Alois sagt, sie hat sich geirrt. Komm, laß uns zahlen, wir gehen.
Franz reißt sich los. Er schmilzt der Rezeptionistin entgegen. Er sagt viele geistreiche Worte, die sich zu kunstvollen Sätzen verbinden. Die Schranken der Bildung fallen. Franz überwindet seine Abneigung gegen die Bayern, die er immer für hoffnungslose Aufschneider mit einem ausgeprägten Hang zum verbalen Totschlag gehalten hat. Die

Rezeptionistin Milli ist ein Engel auf Engelsbeinen. Wer hätte sich das je geträumt. Der Durst ist verflogen. Alles ist ganz klar und einfach geworden. Alois sitzt auf seinem Platz und trinkt Magenbitter. Er wird alles genau den anderen berichten.

Franz hört sich Worte der Verführung sagen, die Milli bereits heftig erwartet hat. Franz fühlt ganz genau, daß sein Leben an einem entscheidenden Punkt angekommen ist. Wie gern würde er sich selbst filmen und fotografieren und auf Band aufnehmen.

Milli sagt, es liegt nur an der Langmut der Terroristen, daß diese Gesellschaft verschont bleibt.
Was sie damit meinen mag?

Franz blendet den Satz aus seiner Aufnahme aus. Sie gehen hinaus in die Garage des Hotels. Sie öffnet ihm die Tür ihres Cabrios. Franz bewundert ihren blechernen Freund, der die Farben des Kampfes und der Liebe trägt. Auf ihrer Fahrt über die lange gerade Straße wirbelt das Auto herrliche Staubwolken auf. Wenn mich so meine Kinder sehen könnten, denkt Franz. Am Eingang des Campingplatzes stehen die Kinder und winken mit offenen Mündern, nachdem sie ihn erkannt haben.

Franz wird beweisen, daß ein Körper zur selben Zeit an zwei verschiedenen Orten sein kann.

Franz wundert sich, daß ihm die Worte nicht mehr einfallen, die seine geliebte Frau das Süße freiwillig tun ließen.

Das Cabrio jagt dahin. Milli lacht ihm mit einem Mund voll weißer Zähne zu. Sie nennt das Ziel der Fahrt nicht. Als sie landeinwärts die Hügel erreichen, tauchen zwischen den Pinien Villen auf. Milli ist sehr freundlich. Sie verteilt als Fahrerin mehr Freundlichkeit als andere

Frauen während eines Abends im Lotterbett. Milli hat keine Vergangenheit. Sie ist frisch wie eine Quelle. Franz erfindet pausenlos wunderbare Namen und Vergleiche. Er ist ein Dichter geworden. Seine strahlende Fantasie hat ein Brennglas gefunden, das die irrenden Gedanken zu wahren Wunderwerken der Liebeskunst vereinigt.

Milli bremst vor einem breiten Tor. Franz bleiben die an der Krone der Begrenzungsmauer eingegossenen Glasscherben nicht verborgen. Er gerät bei teilweisem Bewußtsein in eine sehr üble Geschichte. Milli hat ihn als Pfand benutzt. Der nette Freund von Milli besitzt ein Haus und weit verstreute Ländereien. Trotzdem hält seine Gier nach Bargeld unvermindert an. Milli soll ihm eine unvorstellbar große Summe zahlen. Das aus der Hotelkasse geraubte Geld reicht bei weitem nicht aus. Für diesen Notfall hat Milli Franz mitgebracht. Franz will die Gründe und Hintergründe wissen, bevor er zahlt. Seine Wünsche werden ihm jetzt nicht mehr lückenlos erfüllt. Milli versucht mehrmals, sich zu verabschieden. Ihre Freundlichkeit wird nicht angenommen. Der Hausherr ist ein Mann der Gewalt. Franz ist mitten in einer der Situationen, die er schon im Fernsehen nie richtig verstanden hat.

Die an Franz gerichteten Worte sind Beleidigungen. Franz weiß nicht, wieviel an todesmutigem Einsatz er seiner Milli schuldig ist. Er könnte sich auf die bulligen Freunde des Hausherren stürzen und ihnen die Frisur ruinieren. Franz muß plötzlich lachen. Der Hausherr und seine bulligen Freunde sind die ersten Einheimischen, mit denen er während dieses Urlaubs Kontakt bekommen hat.

Die Einheimischen drohen dem Lachenden fürchterlich. Die Menschen des Südens sind gefährlich. Franz muß noch einmal lachen. Milli hält ihm den Mund zu und flucht auf bayrisch. Die Flüche der Engel sind die furchtbarsten und den Kopf am meisten beleidigenden unter der Sonne. Franz dampft das Gehirn. Milli erkämpft mit angelernten italienischen Flüchen eine Verlängerung ihrer Rückzahlungsfrist. Franz wird als Pfand nicht angenommen.

Du hast alles verpfuscht, sagt Milli, als sie von den Hunden verfolgt den Wagen erreichen. Franz prägt sich den Inhalt des Gartens ein. Ihm ist eine sehr gute Idee gekommen. Er wird immer durchschaubar sein.

Milli soll ihn am Eingang zum Campingplatz aussteigen lassen. Sie nennt ihn einen Gartenzwerg und beleidigt ihn damit fürchterlich. Lachend dreht sie eine Ehrenrunde. Zur Hölle mit den Ehrenrunden. Was es daran nur zu lachen gibt. Ein kleiner Sandhügel bewahrt Franz vor weiteren Ehrenrunden. Sein gequälter Gesichtsausdruck ist nicht dazu geeignet, dem Geschehenen den Anschein von Planmäßigkeit zu verleihen. Die Frau Hildegard kommt Franz mit dem Angebot der Scheidung zuvor.

Der Stadtgartenmeister Franz schwelgt in Erinnerungen an den herrlichen Garten, den zu besichtigen er die einmalige Freude hatte.

Die Pächterin des Gerichtscafés sieht jener Milli täuschend ähnlich. Franz wird sich hüten. Eine Dummheit im Leben reicht, sagt Franz.

Du hast es nicht wirklich getan, sagt die Pächterin.

Der Richter sagt, ganz im Ernst, die meisten sind überzeugt, daß sie etwas nicht wirklich getan haben. Wenn der Kopf die Richtung ändert, bleiben nur die Folgen als Beweise.

Sehr schön gesagt, Herr Richter, sagt Franz.

## DIE EIGENSCHAFTEN DER FALLE

Einmal muß das Unglück ein Ende haben. Die Abkürzung, die Probleme mit dem roten Sportwagen, der unselige Diebstahl, Hildegard, Milli. Im Urlaub gibt es keinen Stillstand. Im Urlaub wird dahingebraust. Wie ein Schmetterling nascht der Urlauber an jeder Blüte. Er torkelt von Nektar zu Nektar. Seine Wünsche hat er ein ganzes Jahr lang aufgespart. Alles wird ihm gegen geringe Bezahlung erfüllt.

Für den Urlaub habe ich viel Geld ausgegeben, sagt Franz zu seiner lauschenden Familie gewandt. Für euch lege ich mein erspartes Geld auf den Tisch. Ich will, daß ihr ein Leben führt wie richtig zivilisierte Menschen. Mit einem dreiwöchigen Urlaub im Sommer und einem einwöchigen Schiurlaub im Winter. Da soll mir nur keiner kommen und sich beklagen.

Wer arbeitet, bekommt Geld dafür. Wer längere Zeit durchgehend arbeitet, bekommt einen Urlaub. Der Urlaub ist sehr kurz im Verhältnis zur Arbeitszeit. Im Verhältnis zu seinen Kosten ist der Urlaub zu lang. Franz ist wieder an einem Punkt angelangt, wo er die Welt nicht versteht. Oder ist es zu verstehen, warum die Mehrheit, Franz sagt die Mehrheit, warum die Mehrheit nicht längst ihr gutes Recht auf ein Gleichgewicht gefordert hat.

Die Kinder antworten stereotyp mit Hinweisen auf die hungernden Völker der dritten Welt. Die Lehrer trommeln ihnen die Dritte Welt in die Gehirne.

Das ist es, was euch die Lehrer beibringen, sagt Franz. Wenn wir diese Lehrer nicht ernähren würden, könnten sie sich gegenseitig ihr eigenes Schicksal im Hunger erklären. In einer langen Tirade erklärt Franz den Kindern, warum sie über den Wohlstand glücklich sein müssen und warum die Lehrer die Maden im Speck sind und die ärgsten Nestbeschmutzer.

Ich war in der Sprechstunde, sagt Hildegard.
Ich nie, sagt Franz, das ist das Glück dieser Pädagogen.
Sie sagen, man soll sie durch seine Redensart unterstützen, sagt Hildegard.
Damit sie noch mehr Mist in diese jungen Gehirne blasen, sagt Franz.
Die Kinder lachen.
Franz sagt, reden wir was Gescheites. Trinken wir ein Bier.

Alois öffnet ein Bier und sagt, ich kann mir alles leisten. Franz lacht. Otmar denkt nach. Die Frauen stecken die Köpfe zusammen und schütteln sich vor Lachen. Die Kinder überlegen sich, wann sie ihr Recht auf Eigenständigkeit fordern werden. Sie werden im nächsten Jahr ohne die Eltern auf Reisen gehen. Das Übel sind nicht die Reisen, die Eltern sind es. Die Eltern erwarten sich Dankbarkeit. Die Kinder üben sich in treffenden Worten der Ablehnung.

Der ganze Urlaub ist eine einzige Motzerei, sagt Franz, das ist der Dank.

Machmal meint man, alles ist ganz leicht zu ändern.

Franz klopft Alois auf die Schulter. Mindestens eine seiner Töchter soll rauschgiftsüchtig sein. Ihr Äußeres ist geeignet, jeden Verdacht zu bestärken. Wer bemerkt schon mit Freude, daß seine Tochter rauschgiftsüchtig ist. Franz läßt es äußerst taktvoll bei einer Vermutung bewenden. Er ist sicher, die Grenzen der Schonung nur im absolut erforderlichen Maß überschritten zu haben.

Wir halten zusammen, sagt Franz. Ihr seid doch meine besten Freunde. Euch und eure Familien möchte ich niemals an einem anderen Ort wissen.

Auf die Freundschaft, sagt Alois müde.

Auf die Kollegen, sagt Otmar.

Auf alles, was sich noch rhythmisch bewegen kann, sagt Anneliese.

Anneliese ist eine fürchterlich unanständige Frau. Sie trägt im Urlaub stets ein Kleidungsstück weniger, als für ihre vollständige Bedeckung erforderlich wäre. Sie schlingt die Arme von hinten um Otmars Brust und küßt ihn heftig. Otmar wehrt sich in seiner vollkommen unbeholfenen Art. Sie neckt ihn, als er seine aufstrebende Körpermitte bedeckt. Alois berührt Hella am Arm.

Nachmachen war schon immer deine Stärke, du Affe. Hella ist der Wert der individuellen Erfindungsgabe und deren spontaner Umsetzung bekannt. Alois öffnet noch ein Bier und sagt viele sehr häßliche Worte. Die Kinder fühlen sich in der Gesellschaft nicht wohl. Hinter dem Wohnwagen trinken sie Schnaps. Der Schnaps schmeckt heute wieder besonders gut, sagt Ulf. Er brennt nach jedem Schluck wie tausend scharfe Pfefferonischoten. Selten so einen guten Schnaps getrunken, sagt Rene.

Der Abend ist von Gelsenschwärmen erfüllt. Das rauchende Grillfeuer treibt die Insekten vor sich her. Kein Luftzug regt sich. Das Lido delle Nazioni ist der Hölle erste Vorkammer. Ein Empfangsraum für die noch Lebenden. Der Geruch ihres Blutes wird den Schuldigen zum Verhängnis. Hella hat viele bedeutende Arztromane gelesen und versteht es, bewegende Zeilen zum passenden Zeitpunkt in die Szene zu streuen.

Sie redet, als ob sie selbst diese Romane geschrieben hätte. Alle reden so, als ob sie sich ihr Leben lang nicht mehr ändern würden. Es ist eine große Freude, wenn sich alles ändert.

Franz trinkt zufrieden ein Bier. Morgen wird er das kleine Städtchen in den Bergen besuchen. Otmar wird die Gruppe zu den verfallenen Stätten wertvoller Kulturen führen. Franz wird einen Vorwand finden, weshalb er ganz allein den Ort in den Bergen besuchen muß. Er hat sich die Ankündigung einer Blumenausstellung aus der Zeitung ausgeschnitten. Alois kauft immer italienische Zeitungen, als ob er der Sprache mächtig wäre. Sein Verständnis beschränkt sich auf die Fußballergebnisse der ersten Liga. Alois wird wegen seiner Angeberei oft verspottet. Ein Italiener fragt ihn um die Uhrzeit, während er in die Zeitung vertieft bei seinem Bier sitzt. Einen Menschen wie Alois nicht zu verspotten, ist eine gesellschaftliche Unterlassungssünde. Einmal wird Alois schlechte Laune haben, wenn sie ihn verspotten. Alois nimmt sich fest vor, einmal eine ganz grausame Laune zu haben, wenn sie ihn verspotten. Mit einer einzigen Bewegung wird er ihnen zeigen, wo Gott wohnt. Er hat sich auf dem Markt an der Grenze überlegt, einen Revolver zu kaufen.

Franz wird seine Reisegenossen möglichst nahe an den Ort heranführen. Er wird ein Meister der Heimlichkeit sein. Seine Schliche sind königlich. Seine Tricks würden den bekanntesten Verführern zur Ehre gereichen. Niemand wird das Wort durchschaubar in den Mund nehmen. Alle werden sich wundern, wie lange sein Lebenswandel unentdeckt bleibt. Er wird ihnen allen zeigen, was ein Urlaub ist. Eine unendliche Freiheit wird er sich herausnehmen. Es geht ihm nicht um die kleine Salvienpflanzerin. Weit gefehlt, wer meint, ihm sei um die kleine Person mit den herausfordernden Bewegungen zu tun. Jede beliebige Beziehung ist geeignet, die Tage der Freiheit zu krönen.

Franz will nicht alt werden, bevor er irgend etwas verstanden hat. Und wenn es das Schicksal der Massen ist, aus dem Leben zu gehen, ohne die geringste Kleinigkeit verstanden zu haben, sein Schicksal wird es nicht sein. Seine Eltern sind gestorben und haben ihm die Antworten auf seine Fragen vorenthalten. Seine Frau hüllt sich in nachdenkliches Schweigen. Sie hat möglicherweise keine einzige seiner Fragen verstanden.

Der Vater hat die Frau mit den roten Haaren regelmäßig besucht. Die Frau mit den roten Haaren hat einen Stock unter ihnen allein mehr Zimmer bewohnt, als seine ganze große Familie zur Verfügung hatte. Der Vater hat die unglaubliche Impertinenz besessen, der Frau mit den roten Haaren regelmäßig seine Besuche abzustatten. Die Mutter hat ihn überlebt. Seit sie sicher war, daß sie ihn um eine nennenswerte Zeitspanne überleben würde, ist ihr eine deutliche Schadenfreude in den Kopf gestiegen. Sie war viel kleiner als die Rothaarige. Sie hat die Nachbarin bei jeder Begegnung im Stiegenhaus von unten hinauf verachtet. Den Sohn der Rothaarigen durfte niemand zu Gesicht bekommen. Wenn er doch einmal zu Besuch kam, mußten alle so tun, als ob sie ihn nicht gesehen hätten.

Diesmal lockert Franz die Schrauben an Otmars Anhänger tatsächlich, während sie mitten in der Einöde eine Rast einlegen. Otmar kann der Panne gute Seiten abgewinnen. In Sichtweite befindet sich eine der seltsamen Ruinen aus dem elften Jahrhundert. Seit hunderten von Jahren ist die einstige Versammlungsstätte strebsamer Mönche dem Verfall preisgegeben. Otmar findet die abbröckelnden Mauern in keinem Reiseführer und läuft auf und ab, während er Verlage und Autoren beschimpft. Die Herausgeber von Reisebüchern schreiben allesamt voneinander ab. Was in den einzelnen Büchern an Neuigkeiten steht, entspringt einem Irrtum oder sie haben es frei erfunden.

Du hast aber viele Reisebücher gekauft, Schatz, sagt Anneliese. Du hast einen ganzen Wagen voll von diesen Machwerken gekauft. Um den Preis dieser Bücher hätten wir ein Bräunungsstudio einrichten können. Mit der Bräunung von daheim kann man die Freizügigkeiten eines Strandes erst richtig genießen. Ihr Ton wird drohend. Deine verdammten Bücher sind schuld, daß mir die rundesten Stellen meines gerundeten Körpers ganz grausam brennen. Sie beschließt ihre Folgerungen mit einer ausgiebigen Handgreiflichkeit. Otmar windet sich vor Schmerzen. Die Wege der Liebe sind vielfältig, sagt Anneliese, das Bräunungsgerät wäre einer davon gewesen.

Franz hat sich auf den Weg gemacht, einen Mechaniker für die Reparatur am Wohnwagen zu gewinnen. Er hat Alois und die Kinder erfolgreich abgeschüttelt. Die steilen Gassen führen ihn rasch an das Dorf heran. Stadt ist dieses Schwalbennest wohl nicht zu nennen. In der einzigen Bar erkundigt sich Franz nach der Adresse auf dem Einwickelpapier. Der Kellner lacht. Franz fühlt ein böses Wallen in seinen Adern. Der Kellner hört sofort auf zu lachen. Italienische Kellner haben die unvergleichliche Gabe, die Gefühle des Gastes sofort zu erkennen und zu respektieren. Der Kellner serviert Franz ein großes Glas Grappa. Er verscheucht einen Jugendlichen, der sich an Hildegards Kleinwagen zu schaffen macht. Franz wird sich nie daran gewöhnen, daß der rote Kleinwagen seine einzige motorisierte Errungenschaft ist.

Franz beginnt den Kellner zu lieben. Er verlangt noch ein Glas Grappa und bekommt stattdessen einen Artischockenbrand. Franz wartet auf das Gefühl, das der Kellner an ihm im voraus erkannt hat. Franz zeigt den kleinen Zettel noch einmal dem unendlich gefühlvollen Kellner, der ihm nach einem Blick auf seine Armbanduhr bereitwillig den Weg beschreibt. Franz folgt einer winkeligen Gasse, biegt mehrmals um dunkle Ecken und betritt schließlich das Haus mit der Bar von der Rückseite.

Die Salvienpflanzerin öffnet ihm. Sie heißt Anna und freut sich über das Wiedersehen mehr als über alles andere in der Welt. Ihr Bett ist noch warm. Franz gratuliert ihr zur freien Wahl des Zeitpunktes, wann sie aufsteht und wann sie sich unter das Volk mischt. Er macht ohne Absicht viele zweideutige Bemerkungen und treffende Anspielungen.

Die Wärme von Annas Bett belebt den Körper des Stadtgartenmeisters Franz. Er übernimmt sofort die Führungsrolle. Sie versteht und nimmt bereitwillig. Franz freut sich. Was er sich auf unzählige Arten vorgestellt hat, gibt es wirklich. Er ist geistreich und witzig in mehreren Sprachen. Anna nickt voller Verständnis. Als es an der Tür klopft, schreit sie einen fürchterlichen Fluch in die Richtung des Klopfenden. Zuerst sind es Frauenhände, deren Knöchel zarte Zeichen an die Tür klopfen, später trommelt ein Mann wie wild gegen den ganzen Eingang, bis sich innen ein Splitter löst.

Anna springt auf, ruft Gott bewahre, und öffnet die Tür. Franz muß verschwinden, bevor er den Mund noch einmal öffnen kann. Anna bedeutet ihm, daß sie das Unterbrochene bei ihm im Norden wieder genau an der Stelle der Unterbrechung aufnehmen werde. Der trommelnde Riese erleichtert Franz um den ansehnlichen Betrag, den ihm Otmar für den Mechaniker mitgegeben hat. Franz darf gehen, ohne getreten oder geschlagen worden zu sein. Der Mann erklärt ihm, wie außerordentlich er sein Schicksal zu loben hat.

Franz hat erlebt ohne zu verstehen.

Er hätte seine Unschuld hingegeben. Er war bereit, seine Unschuld hinzugeben. Welcher Grad der Sünde ist damit erreicht? Kann man an diesem Punkt schon erwarten, das Ganze zu verstehen, wo man doch erst den Anfang und die Absicht erlebt hat? Franz steht nun vor der Tür und trommelt mit aller verbliebenen Kraft dagegen. Innen löst sich diesmal kein Splitter. Die Tür bleibt geschlossen. Ein Hund nähert sich und schnappt nach seinen Beinen.

Franz beendet die verzweifelte Suche und kehrt ohne Mechaniker zu seiner Gruppe zurück. Der Wohnwagen steht auf einigen Ziegeln aufgebockt am Straßenrand. Ein Ziegenhirt hat sich genähert und betastet die Radmuttern. Franz verspricht verstärkte Bemühungen und macht sich am nächsten Tag wieder auf den Weg. Der Kellner in der Bar begrüßt ihn mit einem großen Grappa. Franz fragt nach Anna. Der Kellner beginnt mit weit ausholender Zeichensprache zu schwärmen. Franz ist sehr ungeduldig. Wie ein Süchtiger hat er alle Zurückhaltung abgelegt und vollführt kreisende Bewegungen mit den Hüften. Das Gehirn beginnt zu dampfen, der gesamte Körper erhitzt sich zunehmend. Der Kellner ist ein hervorragender Vertreter seines Faches. Er verschwindet für einige Minuten im Hintergrund der kleinen Bar. Geschrei verschiedener Stimmen begleitet seine Abwesenheit. Der Kellner reibt sich die Knöchel seiner Führungshand, als er zurückkehrt.

Franz nimmt wieder den Weg durch die winkeligen Gassen. Im Laufschritt nähert er sich der Wende seines

Lebens von der Zufriedenheit zum Glück. Anna erwartet ihn gerade an der Stelle, wo er sie gestern verlassen hat. Sie sieht der Salvienpflanzerin sehr ähnlich. Ihre Schenkel besitzen den feinen Schwung, der das Kunstwerk vom Notwendigen unterscheidet. Franz versteigt sich in einige unnötige Bemerkungen über Unnötiges. Er fühlt sogleich, wie wenig Interesse sein Exkurs erweckt. Die Temperatur seiner Körpermitte nähert sich unverzüglich dem absoluten Nullpunkt. Er bittet Anna inständig, seine geistreichen Bemerkungen gefälligst geistreich zu finden, andernfalls er sich von ihr nicht abgöttisch geliebt fühlen könne. Anna lacht. Franz ist nicht sicher, ob sie seinetwegen lacht.

Zuvor hat Franz die großen Geldscheine leichtfertig als Geschenk auf den kleinen Tisch gelegt. Die Geldscheine sollte er an sich reißen. Er sollte in die Kleider springen und den Ort der Niederlage ohne weiteres Zögern fluchtartig verlassen. Nie hat er einen Ort fluchtartig verlassen. Er wartet, als ob sich das Blatt noch einmal wenden könnte. Als Zuschauer bei Fußballspielen ist er nach dem Schlußpfiff oft voller Hoffnung auf seinem Platz sitzen geblieben, daß alles nicht wahr sei. Nach einer Heimniederlage seiner Mannschaft hat er gewartet, bis ihn der Putztrupp als letzten Unrat entfernt hat.

Inzwischen zeigt Anna eine unzufriedene Miene. Ihre Erwartungen sind nicht erfüllt worden. Ihre Erwartungen haben sich auf einen bestimmten Ablauf der Begegnung bezogen. An der Tür ist ein zartes Klopfen zu hören. Franz erkennt sofort, wie die Szene in der Folge ablaufen wird. Anna ruft Unverständliches in die Richtung des Klopfens. Schwere Schritte nähern sich. Ein entsetzliches Trommeln durchbricht die Stille des gemeinsamen Leidens. Anna schreit entsetzliche Flüche in die Richtung des Trommelns. Das Trommeln verstärkt sich zum zerstörerischen Anrennen gegen die Zimmertür. Das Zimmer ist sehr klein. Für den Fall der plötzlichen und vollkommenen Zerstörung der Tür sieht Franz rein geometrisch keinen Ausweg. Er wird unter den Resten der Tür und unter dem riesenhaften Körper des tobenden Unholds sein Ende finden.

Franz zieht die Bilanz seines Lebens. An der Stelle der herrlich geschwungenen Schenkel seiner Anna erfährt die Bilanz jeweils eine Unterbrechung. Anna erkennt die Bedeutung ihres Körpers für die Bilanz und räkelt sich. Sofort erhitzt sich die Körpermitte des Stadtgartenmeisters Franz in die Nähe der Entflammbarkeit. Der unvermeidliche Abschied wird zum Versprechen eines baldigen Wiedersehens. Franz entweicht durch die zweite Tür und ist froh, sein Geld so sinnvoll angelegt zu haben. Die Flucht führt ihn durch desolate Gänge in verdreckte Zimmer, in denen Katzen raschelnden Mäusen nachjagen. Die Stiegen sind schmal und in der Dunkelheit gefährlich. Franz findet keinen Lichtschalter, obwohl er an den Decken Lampen zu erkennen meint. Die Stimmen von den übrigen Tischen des Gerichtscafés dringen an sein Ohr. Der befreite Mörder verhöhnt das Ungeschick.

Franz bedauert seine Unsicherheit bezüglich der möglichen Erkenntnisse in seinem Leben. Er sucht dauernd Schalter für Beleuchtungen, die kaum erkennbar an hohen Decken angebracht sind. Niemals kann er Sicherheit erlangen, ob die Lampe schlecht eingeschraubt ist, wenn er endlich einen Schalter gefunden und gierig gedrückt hat. Nicht einmal die Existenz einer Leitung ist erwiesen. Einige Türen, unter denen ein schmaler Lichtstrahl auf die Gänge fällt, sind verschlossen. Franz trommelt an die

Türen. Er hört ein fürchterliches Fluchen in seine Richtung. Seine Kräfte versagen, bevor sich an einer der Türen an der Innenseite ein Splitter löst. Der Richter, aus dessen Armen sich die Pächterin des Gerichtscafés löst, wendet sich unwillig in seine Richtung.

Franz kehrt niedergeschlagener als am Vortag zu seiner Gruppe zurück. Der Ziegenhirt hat ihnen Käse gebracht. Brot haben sie von einem vorbeikommenden Bäcker gekauft. Franz haßt es, wenn ihm die Kontrolle über die Beweglichkeit seiner Familie entgleitet. Tobend verbietet er den Kontakt mit wildfremden Menschen mitten in der Wildnis. Die naiven Kinder meinen, einem rückständigen Menschenschlag ohne Hintergedanken begegnet zu sein. Franz klärt sie über die Gefahren auf, die den Reisenden überall erwarten.

Zuerst locken sie mit freundlicher Miene.
Er hat uns das Leben gerettet.
Seht in eure Taschen. Wer weiß, was er euch gestohlen hat.
Er ist ein wunderbarer Mensch. Er hat uns die Geschichte vom langen Brot erzählt, das ein verliebter Bäcker aus dem Dorf für seine Angebetete gebacken hat.
Ihr habt euch mit ihm unterhalten.
Nicole ist mit ihm gegangen.
Ihr seid dem Abgrund nahe. Ich sage euch nur das eine. Der Abgrund ist ganz nahe.
Was meinst du damit, fragt Hildegard ihr Familienoberhaupt.
Du fragst noch. Du, die es am allerwenigsten nötig hat, meine unendliche Geduld zu strapazieren.
Man wird doch fragen dürfen.
Wenn eine der Fragen vernünftig wäre. Der Abfall an Interesse bleibt für mich. Die kleinen netten Fragen wer-

den auswärts gestellt. Meinst du, ich hätte diese Veränderung nicht bemerkt?
Beginnst du jetzt wieder mit deinen Unterstellungen?
Unterstellungen. Unterstellungen. Franz beginnt, am Straßenrand in großen Schritten auf und ab zu gehen.
Unterstellungen. Unterstellungen. Er setzt seinen Marsch fort. Die Szene ist sehr dramatisch. Die Kinder hängen sich an die Unterarme der Mutter, nachdem sie der Vater abgeschüttelt hat. Die Mutter droht, die Kinder gemeinsam gegen den Vater in das Feld zu schicken. Rene ist um einen Kopf größer als Franz. Franz schreit, wenn ihr in die Zeitung kommen wollt, will ich gerne das Opfer sein.

Langsam entwickelt sich ein richtiger Streit. Die übrigen Mitglieder der Reisegruppe setzen sich über die vereinbarten Regeln hinweg. Sie beginnen vorsichtig, sich in die Wortgefechte einzumischen. Alois würzt die Unterhaltung mit italienischen Schimpfwörtern und einigen Fingerzeichen, die er einem von Otmars Büchern entnommen hat. Franz muß erkennen, daß der Zeitpunkt nicht ideal ist, um Hildegard das endgültige Geständnis ihrer Untreue zu entreißen. Der Streit dauert bis zum Abend an. Abschließend sagt Franz, daß er zwar eine Werkstätte für die Behebung des Schadens am Wohnwagen gefunden hätte, daß er aber weder Namen noch Adresse bekanntzugeben bereit sei.

Während der Nacht bilden sich Gruppen des Widerstandes, die miteinander aufgeregt tuscheln. Der Urlaub beginnt, vorangegangenen Urlauben ähnlich zu werden.

Franz findet an den kommenden Tagen den Weg zum Dorf hinauf immer schneller. Er kippt den bereits eingegossenen Grappa in einem Zug hinunter und benützt den Hinterausgang der Bar als direkten Weg zu Annas Zimmer. Unverzüglich dringt er bis in die Arme der wunderbaren Frau vor, ehe das bedauerliche Geschehen mit den Zeichen an der Tür einsetzt. Unvermindert dampfend läuft Franz durch den zweiten Ausgang davon. Auf der Flucht bemerkt er, daß er sich aus rationellen Überlegungen heraus nicht mehr ausgezogen hat und sich somit auch nicht mehr in den dunklen Gängen anziehen muß.

Franz bezweifelt schließlich, ob die Wohnung der Salvienpflanzerin tatsächlich in einem Haus mit ungepflegten dunklen Gängen liegt. Sie hat es nicht notwendig, über einer Bar mit einem hämisch grinsenden Kellner zu wohnen. Sie hat sich mehr als diese Kammer verdient, in der man erdrückt wird, sobald die größere der beiden Türen geöffnet wird. Der Ortsname auf dem Einwickelpapier ist doppelt unterstrichen. Franz fährt ein heller Gedanke durch den Kopf. Sie meint den zweiten Ort im Ortsverzeichnis. Sie ist ein einfaches Mädchen. Sie weiß derartig komplizierte Botschaften nicht anders zu vermitteln. Sie hat ihm den zweiten Ort gleichen Namens im Ortsregister andeuten wollen. Sie wohnt nicht in diesem traurigen Nest auf einem Hügel voller Macchia. Sie ist ein Kind des Südens, eine feurige Tochter Feuer speiender Vulkane. Franz ist froh, den Irrtum so schnell erkannt zu haben. Sein Scharfsinn wird nicht ohne Grund weithin gerühmt. Es hätte nicht gelohnt, als einem Irrtum Aufgesessener in den falschen Süden zu reisen. Franz tut gut daran, sich alles sehr genau zu überlegen. Ein Tag in konstruktiver Einsamkeit ist kein verlorener Tag. Die an einem derartigen Tag getrunkenen Getränke dienen der Klarheit und nicht der Berauschung. Darüber soll sich kein Außenstehender ein anderes Urteil anmaßen.

Alle sitzen um die wackligen Campingtische und essen begeistert Weißbrot und aufgewärmtes Dosengulasch.

Dosengulasch ist die Königin unter den Dosengerichten. Die verbleibenden Gulaschdosen sind rationiert worden. Franz wirft manchmal einen verstohlenen Blick zu dem kleinen Dorf hinauf. Weit und breit ist keine Blumenpracht zu sehen, wie man sie im Heimatort einer Salvienpflanzerin erwarten würde. In einigen Tontöpfen, die in viel zu großen Aussparungen der pompösen Balustrade stehen, vertrocknen Pelargonien. Der Streifen hinter der Balustrade nennt sich göttliche Aussicht und ist der einzige ebene Platz im Ort. Die wenigen Touristen werden von zahlreichen Mofafahrern durch deren hohe Kunstfertigkeit im Rundendrehen unterhalten. Franz freut sich über den ruhigen Campingplatz unterhalb der Ortschaft. Für die Reparatur des Wohnwagens hätte man sich keinen besseren Platz aussuchen können. Fünf Tage sitzen sie an diesem Ort der Stille fest.

Von den Dorfbewohnern werden die Fremden bestaunt. In dieses Dorf sind noch niemals Fremde gekommen. Die Kleidungsstücke der Fremden werden betastet. Man bietet den Entdeckern des Ortes Getränke an und lädt sie ein, an Familienfesten teilzunehmen.

Otmar sagt, schon immer habe ich mir gewünscht, ein vollkommen unberührtes Gebiet zu entdecken. Ich werde Ausgrabungen machen und sensationelle Funde aus dem unberührten Boden der Vergangenheit bergen.

Die heiratsfähigen Töchter der Dorfbewohner werden den Söhnen der Fremden angeboten. Die Eltern lehnen das Angebot im Namen ihrer Söhne dankend ab. Die Söhne meinen, eine vergleichbare Gelegenheit würde nie wieder kommen. Sie bestehen darauf, das Angebot selbst zu überprüfen. Die Töchter der Dorfbewohner tuscheln heftig. Die jungen Fremden beraten sich in der Bar. Die Mädchen verstehen die Zeichen der Angst sofort. Diese jungen Fremden werden ihr Leben lang nur Sprüche klopfen. Die Mädchen beklagen ihr Schicksal mit wachsendem Zorn. Sie werfen den Burschen ockerbraune Erdstücke nach und überschütten sie mit Flüchen.

Die Fremden fotografieren sämtliche Gassen und Plätze. Sie beginnen eine systematische Aufnahme aller Dorfbewohner. Bei allen Verrichtungen des Alltags werden sie fotografisch festgehalten. Hildegard bestimmt Franz, die Inhalte der Kochtöpfe und die Entstehung der Gerichte mit seiner Videokamera festzuhalten. Hildegard liebt Kochbücher unbekannter Regionen.

Franz brüstet sich mit dem Verdienst, das unbekannte Dorf entdeckt zu haben. Als er auf seinen Erkundungsgängen einen Busparkplatz voll ausländischer Autobusse entdeckt, bewahrt er absolutes Stillschweigen. Niemandem vertraut er sich an, nicht einmal seiner Lebensbegleiterin Hildegard. Franz wundert sich, warum so viele bayrische Touristinnen italienische Mode tragen. Bei ihrer letzten Begegnung in dem kleinen Zimmer hat Anna ähnliche Kleider getragen. Auch sie ist eine Touristin und stammt aus Bayern.

DIE BEGEGNUNG

Otmar hat aus seinen Büchern Einzelheiten über das Dorf in den Bergen entnommen. Ein entfernter Schüler Tizians hat eines der dunklen Bilder an den Seitenaltären der Dorfkirche gemalt. Einmal soll Luigi Pirandello auf der wenige Kilometer entfernten Durchzugsstraße vorbeigefahren sein und gerade auf der Höhe des Ortes den Entschluß zur Niederschrift eines seiner beliebtesten Stücke gefaßt haben. Otmar bleibt mit der überschwenglichen Bewunderung für die Kultur an verborgenen Orten allein. Otmar besitzt einen Computer. Er bleibt auch mit seiner Bewunderung für die tragbare Intelligenz allein. Manchmal lassen ihm die Kollegen wenig Raum für seine Vorlieben.

Wenn du uns etwas vormachen willst, mußt du dich nicht so anstrengen, sagt Alois.
Wir wissen die Kultur nicht zu schätzen, sagt Franz.
Sag uns irgend einen gescheiten Blödsinn, dann liegen wir sowieso flach vor dir.
Alles in den Dreck ziehen, das könnt ihr aber, sagt Otmar, das ist auch eine weit verbreitete Kultur.
Dreck, das ist es. Alois erhebt die Stimme zum Credo. Aus dem Dreck kommen wir, in den Dreck gehen wir. Merke sich das ein jeder. Und wenn er noch so viel Bildung vortäuscht. Dazwischen liegt der Dreck des Lebens. Immer zieht es uns hinunter.
Franz wirft einen besonders hellen Gedanken ein. Der Fußball, sagt er, der Fußball im Regen ist das Spiel des Lebens. Da stehst du immer bis zu den Knöcheln im Dreck.

Alois hat in der Trattoria einen Fernsehapparat ausfindig gemacht. Der Urlaub nimmt neue Dimensionen an, als er täglich eine Fülle von Programmen zu sehen bekommt. Die alten Männer des Ortes unterhalten sich brüllend, während im Fernsehen Fußball läuft. Alois spart nicht mit fachkundigen Kommentaren. Seine Verständigung auf Italienisch besteht aus Klatschen und bedauernswertem Zischen. Er vermittelt glaubwürdig, was ihm das geringe Können der Spieler und Schiedsrichter an körperlichen Qualen bereitet. Die Einheimischen halten Alois für geistesgestört.

Otmar sagt, sie halten dich für geistesgestört.
Wie meinst du das.
Jedes Kind sieht das. Nur dir entgeht, wie lächerlich deine Grimassen sind.
Als ob dir jemals aufgefallen wäre, was den anderen auffällt.
Was meinst du jetzt damit, fragt Otmar.
Was werde ich schon meinen. Alles. Du bist als Ganzes ein riesiges Mißverständnis. Wenn du nur einen einzigen Moment lang merken würdest, was mit deiner Frau...
Wer sagt denn, daß ich es nicht bemerke.

Alois versinkt sofort in einer Gedankensequenz über die Erkenntnisfähigkeit von Intellektuellen.

Anneliese flattert herbei und ruft, was blast ihr Trübsal. Will denn keiner mit mir im Gebüsch verschwinden?
Alois verzichtet auf den filosofischen Exkurs, den diese mehrdeutige Aufforderung nach sich ziehen könnte, und sucht vergeblich ein Gebüsch. Der Campingplatz ist von einer Steinmauer umgeben. Früher haben sich hier die Schafe gedrängt. Über der Mauer erhebt sich der steile Hügel, auf dessen Rücken sich das Dorf erstreckt. Alte Steinhäuser sitzen eng beieinander. Über den Dächern aus gewölbten Ziegeln fliegen die Schwalben unermüdlich. Die engen Gassen lassen keinen Autoverkehr zu. Auf den

kleinen gepflasterten Terrassen sind Früchte zum Trocknen ausgebreitet.

Am späten Vormittag finden sich sämtliche anwesenden Touristen auf dem größten Platz des Ortes ein. Die Bewohner der kleinen Häuser entlang des Platzes haben die Bedürfnisse der Fremden blitzartig erkannt. Sie haben Tische vor ihre Häuser gestellt und ihre Küchentüren geöffnet. Sie haben über den Türen Schilder mit lockenden Aufschriften befestigt. Mehrere hatten gleichzeitig die Idee, eine Pizzeria aufzumachen. Neben der Weinhandlung entsteht eine Boutique für edle Mode aus Mailand. Die neuen Geschäftsleute verkaufen ihre Waren viel zu billig. Tausend Lire für einen Capuccino, schreien sich die Touristen gegenseitig über den Platz zu.
Achthundert!
Nach dem Genuß des Kaffees für tausend Lire ist der Genuß eines Kaffees für achthundert Lire ein Erlebnis. Wer mehrmals zweihundert Lire spart, kann sich einen Kaffee zusätzlich leisten. Ähnlich verhält es sich mit Grappa und Tiramisu. Alle Mitglieder der Gruppe verderben sich den Magen. Gerade im ungünstigsten Moment werden sie zu einem ungleichen Vergleich gefordert.

Die jeden Abend vor dem Fernseher sitzenden Italiener laden die neben ihnen sitzenden Fremden zu einem Spiel ein. Die Fremden beteuern, daß ihnen die Nahrung zu üppig und der Schnaps zu stark sei. Sie erbitten sich eine Bedenkzeit. Vom vielen Kaffee sind ihre Augen so zittrig geworden, daß ihnen nicht auffällt, wie auffällig sich die Italiener zuzwinkern.

Die Italiener haben in den letzten Jahren immer die besten Mannschaften im Europacup, sagt Alois. Ich könnte euch von Spielen erzählen.
Du hast alle Spiele auf Video, nicht wahr?

Woher weißt du das?
Du hast es uns selbst erzählt.
Das ist noch lange kein Grund, mir damit zuvorzukommen.

Alois ist in Fragen des Fußballs unerbittlich. Die Streitigkeiten beginnen bereits vor dem ersten Training. Den Posten des Trainers zu besetzen, ist für einen wahren Kenner der Theorie Pflicht. Franz ist anderer Meinung. Seine praktischen Erfahrungen machen ihn zum eindeutigen Anwärter für das Amt. Mit erhobenen Bierdosen beginnt die Annäherung der Fachleute. Anneliese fährt voller Diplomatie dazwischen. Ihr wollt euch also die Partie durch meinen Otmar verpfuschen lassen?

Franz und Alois lassen sofort voneinander ab und erheben das Bier auf den neuen Trainer Otmar. Wie konnten sie in Erwägung ziehen, das Storchenbein zur eigenen Schwächung auf das Spielfeld zu schicken. Franz zwingt Otmar zum ersten entscheidenden Schritt als Trainer. Er läßt sich aufgrund seines Amtes als Stadtgartenmeister zum Mannschaftskapitän ernennen. Seine erste Entscheidung als Kapitän betrifft die Kinder. Ihre Beteiligung wird nur gegen das Gelöbnis absoluten Gehorsams erlaubt. Die Kinder lassen sich nicht länger Kinder nennen.

Wir sind erwachsen.
Erwachsen beim Verprassen von Taschengeld.
Wir haben Rechte, vergiß das nicht.
Einen Dreck hast du, Rotznase.
Damit endet deine Weisheit. Beschimpfungen und Beleidigungen.
Wollt ihr nun spielen oder nicht?

Die Jungen treten unter Protest zum ersten Training an. Der schwelende Generationenkonflikt äußert sich in übermäßiger Härte im Verlauf von Zweikämpfen.

Die Frauen stehen am Spielfeldrand. Sie wollen sich am Spiel beteiligen. Das Training wird für einige wichtige Klärungen unterbrochen. Otmar wird in seiner toleranten Haltung von den männlichen Spielern korrigiert. Seine Schwäche in dieser Thematik wird ihm wortreich erklärt. Die Frauen lachen über den Vorschlag, den italienischen Frauen ein Wettkochen anzubieten. Bis zum Beginn des Länderspiels brechen die Diskussionen nicht ab.

Die Mannschaft wird um einen schnauzbärtigen Skandinavier und einen Hamburger Spirituosenhändler erweitert. Vor Fremden fällt es leichter, den Frauen das Diskutieren als Streiten und den Wunsch mitzuspielen als Geschmacklosigkeit darzustellen. Die Frauen wenden sich ab und murmeln Beschwörungsformeln. Alois ist der Vater von drei Töchtern und wird daher am öftesten in ungünstige Formeln verwickelt. Sein Spiel gerät im Training noch ausgezeichnet, erst während des Länderspiels schlagen die beschworenen Götter zu.

Ein dem Steilpaßspiel verschriebener Engländer bereichert die Mannschaft. Der Trainer Otmar benutzt sein gesamtes Kulturverständnis und besetzt die Rolle des Mittelstürmers mit einem Franzosen. Ein Bayer hat sich ohne Anmeldung in die Mitte des Spielfeldes gestellt und bereits einige Witze erzählt, als ihn Otmar erstmals entdeckt. Otmar akzeptiert die Aufstellung im Mittelfeld. Ein Pole und ein Däne erhalten das Spielrecht, nachdem sie ihren Campingwagen Bier für alle entnommen haben. Mehrere Deutsche schließen sich den Bierrunden an und bleiben in Erwartung weiterer Runden auf dem Spielfeld.

Das Länderspiel ist für den frühen Abend angesetzt. Eine Überprüfung des Spielfeldes führt zu Ausschreitungen gegen den örtlichen Platzwart. Voller Umsicht werden

Erklärungen für eine eventuelle Niederlage gegen die Gastgeber gesammelt.

Die Frauen und Töchter zeigen sich in Begleitung einheimischer Verehrer. Die Männer wittern eine Falle. Das Spiel hat begonnen, bevor sie direkte Rache üben können. Die Romantik der Frauen erschöpft sich in hoffnungslosen Urlaubsaffairen.

Gnade dir, Gigolo, wenn du in der Pause noch in der Nähe bist, schreit Franz.
Der Gigolo legt den Arm fester um Hildegards Taille.
Komm auf das Spielfeld, wenn du wirklich ein Mann bist.
Der Gigolo fühlt sich auf seinem gewohnten Spielfeld sicherer.
Laß dir die Eier ausreißen, bevor sie dir Unglück bringen.
Der Gigolo wackelt frech mit den Hüften. Das Spiel hat begonnen. Er ist sich seiner Sache sehr sicher.

Die einheimische Mannschaft besteht aus elf schlanken Burschen mit schwarzen Locken. Die grazilen Südländer gleichen das theoretische Spielverständnis der Nordländer mit enormer Schnelligkeit aus. Den Gesichtsausdrücken der Nordländer müssen sie eine steigende Ernsthaftigkeit der Auseinandersetzung entnehmen. Anfangs retten sich die flinken Läufer vor den direkten Zweikämpfen durch die Flucht in den Angriff. Das Spiel scheint ganz im Sinne der Einheimischen zu laufen, bis Franz mit einem Auge sehen muß, wie weit die Dinge am Spielfeldrand gediehen sind. Er macht Alois darauf aufmerksam, daß auch seine Töchter dem Verderben nahe sind.

Die elf schlanken Burschen sehen sich einer neuen Taktik gegenüber. Die körperlich weit überlegenen Gäste formieren sich zu kleinen Gruppen. Das Spiel gerät weniger zur Jagd nach dem Ball als zum Kampf um das nackte Leben. Die jungen Männer in der Blüte ihrer Erwartungen hätten sich nie geträumt, daß einer nach dem anderen den alten Herren in die Falle ginge und danach um einige Blüten und Erwartungen ärmer als Jammerbild sein weiteres Dasein im Dienste des Sports fristen würde. Blutverschmiert humpelt die Mannschaft in eine unerwartete Niederlage. Die Nordländer verfallen einem wahren Spielrausch und schießen ein Tor nach dem anderen. Nach jedem Tor reißen sie die Arme blitzschnell in die Luft und machen obszöne Gesten in die Richtung der Zuschauer.

Wenn der Applaus geringer als verdient ausfällt, feuern die Spieler die Zuschauer ultimativ an. Den Einheimischen drohen sie mit einer Ausdehnung des Spielgeschehens auf den gesamten Ort. Sie sind in eine Art Eroberungsrausch gelangt. Auf dem Höhepunkt der Macht fordern sie die Frauen der Überwältigten. Die jungen Spieler versuchen, mit ausgiebigen Versprechungen die eigene Haut zu retten. Die gesetzten Herren schwanken zwischen Ehrbegriffen und der puren Befriedigung von ein Leben lang erträumten Begierden. Das Spiel entwickelt sich zu einem großen Triumph.

Der Bürgermeister des Ortes lädt die ehrgeizigen Sieger zu einem Festessen auf dem Dorfplatz. In verdächtiger Schnelligkeit sind alle Vorkehrungen für ein mehrgängiges Essen getroffen. Der herrliche Wein fließt in Strömen. Vor jedem Schluck erheben die Ehrenmänner des Ortes das Glas und bringen einen Toast auf die Qualitäten der Gäste aus. Die einheimischen Spieler sind längst in das nahe Unfallkrankenhaus eingeliefert. Die Folgetonhörner sind verhallt. Das Fest beruhigt alle Aufregungen. Gigolos und Ehemänner stoßen miteinander an und loben den Tag.

Das Fest dauert bis in den Morgen. Im Schein der aufgehenden Sonne schleppen sich die Gäste über die Stiegen hinunter zum Campingplatz. Auf dem Weg verringert sich die Zahl der Begleiter. An jeder Abzweigung verschwinden einige der trinkfreudigen Genossen und deren freizügige Schwestern. Wer noch artikulieren kann, lobt den Urlaub und den Süden und seine Vorzüge. Die Nächte sind wärmer als im Norden. Die Frauen sind hübscher und freizügiger. Die Männer sind gesellig. Der Wein schmeckt herrlich. Alles ist billiger als zu Hause. Man spielt einen guten Fußball. Sie sind keine schlechten Verlierer, wenn sie verlieren. Für ein bißchen Geld kann der Geschickte in diesem Paradies alle seine Bedürfnisse stillen. Urlaub ist Urlaub. Eigentlich dürfte diese herrliche Zeit niemals zu Ende gehen. Die heimkehrenden Zecher versinken in einer unendlichen Sentimentalität.

Ein greller Aufschrei zerreißt die Idylle.

Wo ist das Bier? Alois hat Otmars Wohnwagen betreten, um sich einen letzten Morgenschluck zu genehmigen. Er erkennt Otmars Wohnwagen nicht wieder. Außer der Verkleidung ist an Inhalt nichts geblieben. Alois wiederholt sehr streng, wo ist das Bier?

Große Verwirrung bricht über die Gäste des Campingplatzes herein. Die Wagen und Wohnwagen sind geplündert. Man erzählt sich gegenseitig, was fehlt. Alles fehlt. Man beziffert den Schaden anhand der ausstehenden Kredite, die man für den Urlaub aufgenommen hat. Einige haben Erspartes dafür verwendet. Die Gründlichkeit der Diebe überrascht die Bestohlenen. Wären sie nicht selbst die Bestohlenen, könnten sie die Professionalität der Täter bewundern.

Die Rezeption des Campingplatzes ist nicht besetzt. Das Telefon funktioniert in dieser Situation ebensowenig wie an den vergangenen Tagen. Die Autos fahren nicht, weil aus ihren Tanks der Treibstoff gestohlen wurde. Die Urlauber kehren in das Dorf zurück. Sie finden Katzen und Hunde, die zwischen den Resten der vergangenen Nacht ihre Mahlzeit suchen. Nach langem Schreien und Klopfen öffnen einige Greise die Fensterläden einen Spalt weit und sagen, daß sie nichts gehört haben, seit das Geschrei der Fremden verklungen ist. Sie sollen zur Polizei gehen, wenn sie etwas melden wollen. Die Fremden beginnen wieder zu schreien. Die Alten beschweren sich über den Lärm und schließen die Fensterläden so laut sie können.

## DIE ÜBERLISTUNG

Wir sind alle zivilisierte Menschen, sagt Otmar.
Du wirst den Verbrechern damit nicht die Stange halten wollen.
Ich meine, wir müssen an unserer Kultur festhalten, was auch passiert.
Meine Junghans ist weg, sagt Franz, der Zeiger meines Lebens.
Als ob eine Uhr in unserer Zeit alles wäre.
Meine Atomjunghans, schreit Franz Otmar ins Gesicht. Die einzigartige Atomjunghans zeigt deinen Lebensrhythmus an. Ich bin am Beginn eines seltenen Höhenfluges gestanden.
Es gibt nur einen Höhenflug in diesem Leben, sagt Alois.
Die Anneliese ausprobieren wird nichts, ihr Schweine, sagt Otmar plötzlich.

Alois und Franz überhäufen Otmar mit Beteuerungen ihrer völligen Reinheit in allen Gedanken. Otmar hat eine überraschend feste Meinung. Die Beteuerungen prallen von ihm ab wie Gummigeschoße.

Ein Schwein wird immer ein Schwein bleiben, sagt Otmar bestimmt. Franz und Alois grunzen unwillig.
Nichts unterscheidet unser Leben von dem der niedrigsten Tiere, sagen Franz und Alois in ihrer Grunzsprache.
Anneliese beteuert, immer tierliebend sein zu wollen.

Hildegard löst die Versammlung mit einem himmelschreienden Schrei auf. Um das Zentrum Hildegard bildet sich sofort eine Versammlung mit völlig veränderter Gedankenrichtung. Der Weltempfänger für das Telefonhalsband ihrer Mutter ist ein Raub der Räuber geworden. Sie überhäuft sich selbst mit Vorwürfen, den Verlust erst nach Stunden entdeckt zu haben. Immer war Hildegard in innigster Funkverbindung mit dem Telefonhalsband ihrer armen alten hinfälligen Mutter. In der rührendsten Weise hat sie ihr das einzigartige Telefonhalsband um den geliebten Hals gelegt und ist vollkommen beruhigt auf Urlaub gefahren.

Ein vollelektronisches Telefonhalsband ist mehr wert als eine Lebensversicherung. Der Satellit ist immer bereit, den entscheidenden Hilferuf in die entlegensten Gegenden des Erdballs zu senden. Nie ist ein Kind ruhiger auf Urlaub gefahren als ein Kind mit dem Empfänger für seine Mutter in der Tasche. Der skeptischen Mutter kann getrost erklärt werden, daß ihr Halsband klüger ist als sie selbst und so zielsicher wie nie zuvor die tödliche Gefahr erkennt. Sollte sie stürzen, würde sie spätestens nach einer Stunde mit allen internationalen Hilfsorganisationen verbunden. Der Fernseher wird automatisch eingeschaltet. Sie versäumt nicht einmal die Zeit im Bild.

Jetzt wißt ihr um meinen Verlust, sagt Hildegard.

Alle umringen sie und ringen die Hände. Bleibt nur eisern zu hoffen, daß der Funkempfänger in gute Hände gefallen ist. Die Italiener sollen ihre Mütter doch lieben wie nichts auf der Welt. Selbst die abgebrühtesten Mafiakiller sind notorische Muttersöhne.

Nur einmal wollen wir dem Schicksal so blind in das offene Messer gelaufen sein, beschließen die einander Bestätigenden. Schließlich will man im Urlaub seine Ruhe haben von den Ausländern. Daheim hat der Ärger mit den Ausländern ausreichende Formen angenommen. Schillbär benützt die Gelegenheit, seinen Eltern den türkischen Freund von Nicole unter die Nase zu reiben. Niemand zweifelt daran, daß alles ein schreckliches Ende nehmen wird. Von diesem Moment an wird Nicole der Umgang mit den Fremden verboten. Nicole heult los und verspricht, nie mehr zu heulen aufzuhören, solange sie unter so hassenswerten Ausländerhassern leben muß. Das ist die Wirklichkeit, wenn sie auch sehr lächerlich klingt.

Einige deutsche Autos fahren vorbei. Franz springt hinter das Lenkrad. Manchmal weiß er, wie man ein Ziel am schnellsten erreicht. Deutsche Autos fahren zu deutschen Campingplätzen. Auf deutschen Campingplätzen gibt es meist Abteilungen für die Österreicher. Von den Österreichern in den Campingplatzreservaten wird erwartet, daß sie sich unauffällig benehmen und gelegentlich den folkloristischen Vorstellungen der Campingplatzleitung entsprechen. Musikantenstadel hat man gesehen. Alle wissen, wie wenig sich die Trappfamilie vom österreichischen Durchschnitt abhebt. Alle Österreicher fühlen sich verstanden und geehrt, wenn sie mit Arnold Schwarzenegger und Niki Lauda in einen Topf geworfen werden. Schließlich sind sie aus demselben Topf herausgekommen.

Töpfe haben sich ihren Inhalt noch nie aussuchen dürfen. Wenn sie Druckkochtöpfe sind, fliegt bestenfalls ihr Deckel in die Luft.

Franz und Alois und Otmar folgen den deutschen Autos in ihren erleichterten Fahrzeugen ohne Mühe bis zu einem riesigen Campingplatz, auf dem die Führung deutsch und die Animation holländisch ist. Das Personal ist türkisch und beherrscht die Dialekte von Stuttgart und Berlin. Nichts ersetzt dem Dienstleistungsmenschen seine Zweisprachigkeit.

Die Österreicher werden in das Reservat eingewiesen. Die Plätze sind mehrfach belegt. Es entwickelt sich ein handfester Streit im zähen Ringen um Vorfahrtrechte auf Zufahrtswegen und Zeitunterschiede bei der Ankunft. Nicole unterbricht ihr Heulen und schreit, auf einem italienischen Campingplatz hätte es so eine Sauerei niemals gegeben. Die Familien wenden sich ab. Nicole unterbricht ihr Heulen mehrere Male, um ihren türkischen Freund zu rächen. Eigentlich ist der Bursche aus Bosnien.

Der Streit um die Plätze ist ein prinzipieller. Stellflächen sind auf dem weitläufigen Gelände in ausreichender Anzahl vorhanden. Der Streit entbrennt um die besten Plätze. Jeder weiß, wann ein Platz gut ist. Ein einziger schweifender Blick umfängt die Entfernungen zum Strand und zur Toilette, zum Supermarkt und zum Restaurant. Der Sonnenkreis wird abgecheckt. Nur wenige Plätze genießen die Gunst des ausgewogenen Schattens zu allen Tageszeiten. Die schlechten Plätze grenzen an die von mehrkindrigen Vielkopffamilien besetzten Areale.

Während der erste Blick das Objekt der Begierde gnadenlos auswählt, taxiert der Beifahrer die gegnerischen Wagen. Städter. Provinzler. Autotelefon. Mercedes. Ein Wappenkleber an der Scheibe. Rot weiß rot. Nicht zu klein und versteckt, um im richtigen Moment seine volle Wirkung zu entfalten.

Das ist ein Wichtiger, sagt Hildegard, leg dich nicht an.

Franz haßt die von seiner Frau für wichtiger als er selbst Gehaltenen. Werden wir alles sehen.

Kontrollore geraten an Oberrevidenten. Fachinspektoren blasen Oberamtswarten einen anderen Wind ins Gesicht. Amtsräte verbünden sich mit Amtsdirektoren gegen Medizinalräte. Ein Hofrat putzt einen Studienrat auf wie einen Christbaum. Ein Kammersänger sagt einer Oberkommissärin einmal deutlich die Meinung. Ständig wird mit Anwälten gedroht. Niemand will den teuersten Campingplatz wählen, ohne dessen gesammelte Annehmlichkeiten zugenießen.

Trotz der Konfusion fühlen sich alle in ihrem Element. Parteimitglieder ohne Amtstitel suchen heimlich nach Parteifreunden. Nach und nach ergattert jeder den Platz, den ihm das Leben im Staat zugeteilt hat. Ein schwelendes Problem bleibt die Sitzordnung im Restaurant. Immer wieder machen sich Träger von Auszeichnungen und Ehrenmedaillen wichtig. Nach dem Genuß seiner Nudelsuppe vertreibt ein mit dem Großen Tiroler Adlerorden Verzierter den stolzen Besitzer der Medaille für vieljährige eifrige und ersprießliche Tätigkeit auf dem Gebiet des Feuerwehr- und Rettungswesens in Gold von seinem Platz mit Blick auf den Strand.

Was könnte schließlich an den Gesellschaftsabenden mehr Bewunderung hervorrufen als der Mexikanische Orden vom Aztekischen Adler oder der Päpstliche Orden vom goldenen Sporn. Selbstverständlich sind alle Auszeichnungen im Urlaub unsichtbar.

Seit sich Franz auf dem Campingplatz befindet, hat sich sein goldener Sporn oftmals heroisch aufgerichtet. Franz sagt mehrmals täglich, einen Durst hab ich heute und einen Hunger, als ob ich Tage nichts gegessen hätte, und eines möchte ich ganz genau wissen. Wann habe ich die Hügel Afrikas zuletzt bereist? Die Sache mit dem Hunger und dem Durst läßt sich auf einem bestens organisierten Campingplatz befriedigend lösen.

Hildegard sorgt für ein ausgewogenes Verhältnis zwischen deutschen und österreichischen Bieren. Sie kommt nicht auf die Idee, welche Botschaft des Mangels ihr lieber Franz ihr mit dem Blick eines sterbenden Ziegenbocks zuschanzen will.

Nicht einmal im Urlaub, stöhnt Franz.

Komm nicht auf dumme Gedanken, du Schwein, sagt Otmar. Otmar hat sich während der Reise einige feste Meinungen gebildet. Er spart auch den Campingnachbarn gegenüber nicht mit Beleidigungen. Fest entschlossen bekämpft er einen Fachoberinspektor und den Träger der unsichtbaren Steirischen Hochwassermedaille, zwischen denen sich Anneliese möglicherweise entscheiden wird.

Einen Beamten zu ermorden, ist der höchste Dienst am Staat.

Alle stürzen sich auf Otmar und beschwören ihn, seine unheilvollen Worte wieder zu sich zu nehmen. Die Worte verschwinden unterdessen in einigen weit aufgesperrten Ohren. Otmar zeigt keine Reue. Er zückt sein Überlebensmesser und verheddert sich in der Angelschnur, die sich bei jeder Bewegung des Messergriffs abspult. Falls er vor Gericht kommt, werden ihm seine Kollegen bezeugen, daß er auf dem Weg zum Fischen war. Otmar geht kurz vor dem Mord an den beiden Campingnachbarn ans Meer fischen, damit ihm seine Kollegen später als Zeugen kein Ei legen.

Ich möchte wissen, was in deinem Kopf vorgeht, sagt Hildegard.
Franz schreckt auf.
Wie kann in einem Kopf ein so verwirrtes Hirn Platz haben und mit diesem Otmar gemeinsam auf Urlaub fahren wollen.
Franz schüttelt sich unwillig. Er ist ganz sicher, daß sein Kopf gemeint ist.

Dieser Wahnsinnige wird uns alle umbringen mit seinem Messer.
Er ist ganz harmlos, sagt Franz bestimmt.
Ein Mann ist niemals harmlos. Überhaupt ein Mann, den ein Weib wahnsinnig gemacht hat.
Anneliese ist eine sehr offene Person. Und überhaupt hätte ich jetzt gern ein Bier.
Hildegard droht, die Bierflasche auf dem Kopf mit dem Hirn eines Wahnsinnigen zu zerschmettern.
Was weißt du denn schon von diesen Dingen. Franz hat den Vogel wieder einmal abgeschossen.
Hildegard hält inne und läßt die Bierflasche sinken. Von welchen Dingen soll ich nichts wissen?
Die Lust, sage ich. Mehr sage ich nicht.
Jahraus jahrein die gespreizten Schenkel vor der Nase. Das meinst du doch.
Lust sage ich, das ist sehr allgemein.
Der Otmar hat vollkommen recht. Du bist schon so weit in das Schweinische hinabgesackt, daß du nicht mehr anders denken kannst.
Franz behält das letzte Wort. Sage ich doch, der Otmar versteht etwas davon.

Franz und Hildegard brüllen. Alle auf dem Campingplatz brüllen miteinander. Am lautesten brüllt der Lautsprecher. Früh am Morgen beginnt das Ausrufen von wichtigen Informationen. Die halbstündigen Nachrichten gehen in die Wettermeldung über. Manche Gäste bleiben beruhigt im Restaurant sitzen, wenn sie wissen, wie das Wetter draußen am Strand ist. Sie brüllen einander zu, was das wieder für eine Hitze ist. Später werden Veranstaltungen angekündigt. Bei uns ist immer etwas los. Wir lassen heute um fünfzehn Uhr die Sau raus. Die Morgenansage geht in die Mittagsnachrichten über. Abends wird über die Veranstaltungen des Tages berichtet.

Im Grunde genommen spielt sich an allen gut organisierten Orten Ähnliches ab. Kreuzfahrtschiffe sind ein gutes Beispiel dafür.

Ein Münchner ist mit seinem Porsche in sieben Stunden von der Garagentür bis zum Campingplatz gerast. Er wird als Mann des Tages ausgerufen.
Endlich wieder ein Gespräch über Autos, sagt Franz, als der Münchner einen Platz in seiner Nähe bezieht. Der Urlaub ist die einzige Zeit im Jahr, in der man in Ruhe über Autos reden kann.

Der Münchner hat in Österreich im Durchrasen rasch Bier eingekauft. Franz läßt sich einladen. Der Münchner ist tatsächlich der Mann des Tages.

Der Münchner versteht auch einiges von Frauen. Er ist allein, weil er etwas erleben will. Franz macht eine Andeutung von weitläufigen Gärten und rassigen Südländerinnen. Der Münchner findet Gefallen an der blumenreichen Beschreibung des Herrn Franz. Er hat sofort bemerkt, daß kein Wort wahr ist. Er ist ein nachsichtiger Mensch, der jedem Affen seine Liane gönnt, erklärt er.

Du mußt ein Zeichen setzen, sagt der Münchner.
Franz fühlt wieder das unangenehme Gefühl. Er kennt sich nicht aus. Längst hat er diesen Zustand überwunden geglaubt.
Nur der Bekannte macht Bekanntschaften.
Franz haßt es, - verstehe - zu sagen, obwohl er nichts versteht.
Jede Menge Männer rennen hier herum. Wie sollen da die Frauen wissen, auf wen sie fliegen. Franz, sag mir, auf wen fliegen die Frauen?
Franz sieht sich verlegen um.

Siehst du, Franz, du weißt es nicht.

Sag schon.

Auf dich, Franz. Auf dich werden sie fliegen wie wild. Wenn du das richtige Zeichen setzt.

Franz beschließt, am Strand ein Wahrzeichen zu errichten. Er baut ihnen einen Stefansdom aus roten Rosen. Ein goldenes Dachl aus Margariten. Einen Uhrturm aus Salvien. Franz spricht die Sprache der Blumen.

Sobald Franz den Ansatz zu einer Aktivität erkennen läßt, umringen ihn die nach Aktivitäten heißhungrigen Urlaubsbekanntschaften. Einige machen sich auf den Weg und besorgen Holz und Draht für die Gerüste. Betonsteine für Fundamente. Bänder für Verzierungen. Seile für Abspannungen. Nicht einmal die Blumen darf Franz allein aussuchen. Die größte Beachtung findet Alois, der eine Wagenladung Bier beistellt.

Die holländischen Animateure hat niemand richtig verstanden.

Otmar hat die Situation mit Hilfe der Literatur analysiert. Der Tanz um das goldene Kalb gilt den Wahrzeichen der Heimat. Manche Urlaubsgäste sind mehr als zwei Wochen unterwegs. Beim Anblick des Salvienuhrturms brechen sie heimlich in Tränen aus. In ihrer Rührung greifen sie zu alkoholischen Getränken. Ein gewaltiges Saufen hebt an. Im Schatten der heimatlichen Idealbilder setzt eine unerwartete Verbrüderung ein. Für einen Augenblick fallen sogar die Schranken der Amtstitel. Franz umarmt Anneliese länger als es die gemeinsame Erinnerung an die geliebte Heimat verlangt. Anneliese drückt sich vertrauter an seinen Arm als dem trauten Anblick des Uhrturms als Erklärung zugeschoben werden kann.

Otmar entbrennt in ehrlichem Zorn. Geirrt habe ich mich, nicht um das Kalb tanzt ihr, die Kälber seid ihr selbst.

Franz und Anneliese und die übrigen Gäste des Camps blöken und muhen durcheinander. Die geleerten Flaschen werfen sie über ihre Schultern in das Gras und in die Visagen der hinter ihnen Stehenden. Otmar steht hinter ihnen.

Von diesem Abend an beginnt jeden Abend ein gewaltiges Saufen. Mit lebendigen Trinksprüchen wird der Vorzüge der Heimat gedacht. Kein Mensch kann die Wahrheiten des Lebens und der Heimatliebe besser verstehen als eine zufällige Urlaubsbekanntschaft. Man sitzt im selben Boot.

Viele haben unter größter Anstrengung ihres Wagens Boote in den Süden geschleppt. Die Boote haben Motoren, die sehr ungern anspringen. Manche Motoren gehen überhaupt in die Luft, wenn die Unzulänglichkeit ihrer Treibstoffzuleitungen voll zum Tragen kommt. Problemlose Boote mit vermeintlich problemlosen Motoren werden gestohlen, bevor sie explodieren.

Franz muß die Wahrzeichenblumen täglich erneuern. Im Duft der welkenden Blüten des Südens beginnt ein buntes Geschichtenerzählen von Fressen und Saufen und Hurenficken, wie es daheim niemals denkbar wäre. So hat der Urlaub auch in diesem Jahr seine schönen Seiten. Die Unterschiede liegen in der Wahl der Ausdrücke und in der Mühe, die Dinge diskret zu umschreiben.

Ewig würden diese süßen Tage dauern, wenn sich nicht Tag für Tag mehr unangenehme Fragen in die Unterhaltung schlichen. Neuankömmlinge kennen die Anwesenden. Sie sind gemeinsame Bekannte von mehreren Gästen des Camps. Sie wissen Einzelheiten über die Familie. Sie sind Verwandte von geschiedenen Ehepartnern. Franz haßt es, einem Jugendfreund von Anneliese gegenüber zu sitzen. Der taktlose Mensch unterhält ihn mit reichlichst ausgeschmückten Erzählungen aus der Jugend. Franz macht undeutliche Andeutungen über Gewalttaten, die jeden Augenblick aus äußerlich ruhigen Menschen wie ihm hervorbrechen können. Anneliese berührt ihn von hinten zielsicher am Oberschenkel und verhindert einen Mord.

Der einzige Zusammenhalt der Gruppe bleibt schließlich das abendliche Saufen. An der Bar verteilen sie eimerweise Sangria. Wozu hätte man nach Spanien fahren sollen. Mittags kocht eine Dortmunderin Paella, abends trinkt man Sangria. Eintausendachthundert Kilometer eingespart. Die Bekannten aus dem Stammtischlokal hätte man in Spanien gewiß auch getroffen. Die aufgestauten Geschichten über die Töchter hätten sie auch in Spanien zum Besten gegeben. Franz haßt die Andeutungen über herumhurende Mädchen im Alter seiner Tochter. Seine Tochter raucht kein Schit. Die Töchter von Alois sind gemeint. Was dieser Alois für ein ahnungsloses Walroß ist. Die eindeutigsten Anspielungen sind ihm nicht Zaunpfahl genug, als Wink für einen Blick in seinen Hasenstall zu gelten.

Schließlich ergibt sich aus dem Gespräch, daß einer der neuen Bekannten ein Polizist ist. Sein freundlicher Nachbar entpuppt sich als Finanzbeamter. Hildegard hält Franz vor, wie oft er sich verraten hat. Anneliese weiß, daß der Polizist in seinem Wohnwagen ein Notizbuch führt. Wie Schuppen fällt es ihnen von den Fischaugen. Der Polizist hat keine Sehenswürdigkeit fotografiert, kein Sonnenuntergang war ihm ein Bild wert. Die Insaßen des Camps hat er einzeln festgehalten. Der Finanzbeamte hat die Schiffe begutachtet, bevor sie gestohlen wurden.

Mit einem gewaltigen Hitzeschlag zieht die Vorsicht in die Unterhaltungen ein. Als hervorragendes Thema für längere Gespräche bietet sich die ausgiebige Klage über die Hitze an. Berührungen finden nur noch zur Linderung von Sonnenbränden mit Löschschaum statt.

Langsam beginnt wieder die rastlose Suche nach dem Genuß. Wozu fährt man in den Urlaub, wenn man nicht Außerordentliches erlebt? Franz sitzt wieder ganze Vormittage am Steuer des Wagens und ahmt das Geräusch eines Achtzylinders mit zweiunddreißig Ventilen nach, der an einem unüberschaubaren Salvienbeet mit zahlreichen gebückten Pflanzerinnen vorbeifährt.

Das Durchhalten ist die größte Leistung der Durchschnittlichen, sagt Franz. Wenn man merkt, wie weit man von einem Sinn entfernt ist, und trotzdem nicht aus der Rolle fällt. Nur das Dreinfahren ist eine noch größere Leistung, sagt Franz, das mit einem Schlag neu Ordnen, was zu ordnen man bis dahin immer versäumt hat.

Unheil liegt in seinen Worten. Niemand vermag seine Worte zu deuten, so daß vorerst noch alles in bester Ordnung scheint.

## GRAUSIGE RACHE

Franz hat große Lust auf einen fürchterlichen Wirbel. Was erwartet ihr euch von diesem Land, schreit er um vier Uhr früh aus vollem Kehlkopf. Seine Stimmröhre hat er auf die Masse der Insaßen des Campingplatzes gerichtet. Er nutzt die Augenblicke, in denen die Ansagerin schweigt. Was erwartet ihr euch von diesem Land?

Ein Urlaub soll das sein in diesem Scheißland? Ein Kampf ist es um das nackte Leben! Das Auto nehmen sie dir. Sie verführen Frau und Tochter. Die Söhne werden blind und wütig. War es das, was ihr von diesem Urlaub erwartet habt?

Die Schlafenden erwachen unverzüglich und halten Franz für den neuen Ansager.
Franz dreht sich selbst im Schlaf und ist froh, daß sein Traum ein Traum war.
Eine Zeit der Schönheit soll der Urlaub sein, sagt Franz beim gemeinsamen Frühstück.
Otmar erinnert sich an seine feste Meinung. Meine Frau hast du mit der Schönheit gemeint. Endlich gibst du es zu.
Franz hört seine eigene Frau Hildegard sagen, Beweise, Otmar, Beweise mußt du haben.
Franz hört sich selbst sagen, wozu wollt ihr Beweise sammeln. Euch ist die heiße Luft in die Hirne gewandert.
Er selbst fühlt eine rasende Erhitzung seines Körperzentrums. Sein Gehirn beginnt zu dampfen. Die Augen weiten sich. Er holt mehrere Kubikmeter Luft, bevor er losschreit. Verfluchte Bande allesamt. Was man euch bietet, ihr werdet nur immer unverschämter. Beweise wollt ihr haben. Ihr werdet Beweise kriegen, daß euch Hören und Sehen vergeht.

Mit dieser unheilvollen Ankündigung verläßt Franz die Gruppe. An seinem Arm hängt Anneliese, die mit einem gebrochenen Stöckel hinter ihm her humpelt. Noch in deutlicher Sichtweite der frühstückenden Gruppe stolpert Franz leidenschaftlich über Annelieses Badetuch her. Seine wilde Entschlossenheit kennt keine Grenzen. Er zerrt Anneliese bis an den Strand. Dort stellt er sich auf einen einzelnen Felsen und springt so wild in das Wasser, daß er seine Badehose verliert. Anneliese gerät in heitere Ekstase.

Bei ihrer Rückkehr sind die beiden derart erhitzt, daß sich Otmar und Hildegard um einen Beweis betrogen fühlen.

Franz setzt sich kochend in einen Campingsessel. Er beobachtet die Welt. Von seinem Körper steigen kleine Dampfwölkchen auf. Alle halten ihn für einen Kelomat. Franz läßt den Film ablaufen. Den Rundumfilm. Den Film in allen Dimensionen. Das Leben ist ein Film. Mehr als in diesem Film ereignet sich im Kopf. Im großen Film spielt Franz eine Nebenrolle. Er tritt selten auf. In seinem Kopf ist Franz der Regisseur. Er weiß nicht, wie lange er diesen Zwiespalt ertragen wird.

Die Nachbarn dehnen ihr Frühstück bis zum Mittagessen aus. Die Jungen in den Zelten kriechen hervor, wenn die Hitze unerträglich wird. Anneliese zieht sich im Wohnwagen um. Sie zieht sich mit voller Absicht hinter dem Franz zugewandten Fenster um. Wie unterscheidet man Einbildung und Möglichkeit?

Der Nachbar aus Köln versinkt mit seinem Campingsessel. Sein Fettüberschuß erreicht den Sandboden vor der Sesselfläche. Die junge Begleiterin eilt herbei. Erfolglos zieht sie an seinen Armen. Ihr schwacher Griff gleitet immer wieder von den Fettmengen des Mannes ab. Rollend muß sich der Mann seinem Wagen nähern, um sich am Türrahmen hochzuziehen. Nur ein Mercedes ist ein Mercedes.

Franz ist sich der Unsinnigkeit bewußt, alle Mercedesfahrer in einen Topf zu werfen. Jeder Mensch ist ein Einzelfall. Selbst hat man sich ein Bild zu machen, niemals nach Äußerlichkeiten zu urteilen. Franz hat die Lektionen der Illustrierten nicht vergessen. Dort schreiben die gescheitesten Leute, das kann getrost geglaubt werden. Franz fühlt sich sehr allein ohne seine Vorurteile. Die Frau des Mercedesfahrers ist gekauft. Nuttehureschlampe wie auch immer. Mein Lebtag glaube ich nicht, daß diese Frau diesen Fettkloß freiwillig begleitet. Franz glaubt an die Attraktivität des Geldes.

Der Mann ist Unternehmer oder Politiker. Sie wird ihn am Strand einölen. Er wird sich ein wenig aufrichten, um ihre Schritte ans Wasser zu verfolgen. Sie ist hauptsächlich mit den Trägern ihres Badeanzuges beschäftigt. Franz hat seinen Sessel gedreht. Er betrachtet ihre Biegsamkeit, bis der Badeanzug verschwunden scheint. Franz erlebt die Sensationen einer Campingliege.

Meinst du, ich kenne dich nicht in und auswendig, sagt Hildegard. Dieses Weib nebenan wird dich den Verstand kosten.
Sag nicht dauernd Schwein zu mir, sagt Franz, Triebe sind ein Teil meiner Natur.

Franz hat einen ganz schlechten Tag. Er denkt über den Sinn des Lebens nach. Jedes Jahr kocht Hildegard Beeren ein. Jedes Jahr werden Äpfel gepreßt. Die Tomaten werden reif, während sie auf Urlaub sind. Der Schule folgen Ferien. Den Ferien folgt die Schule. Bestenfalls Nummern ändern sich. Die Reihe der Geburtstage weist eine bohrende Eintönigkeit auf.

Franz hat einen sehr schlechten Tag. Er fühlt deutlich, welch kleines Rädchen in einem riesigen Getriebe er ist. Heute ist er gesund. Morgen wird er vielleicht krank sein. Er könnte einen Unfall haben. Einen vollkommen unnötigen Urlaubsunfall. Die furchtbarsten Dinge ereignen sich in dieser Welt, und niemand nimmt Notiz davon. Das Fernsehen hat das auch nicht verändert. Alles geht seinen gewohnten Lauf.

Nach dem Sinn mußt du nicht fragen. Franz murmelt vor sich hin. Er erleidet jedesmal Schiffbruch, bevor er den rettenden Strand der festen Überzeugung erreicht. Franz nimmt sich vor, in Zukunft die Glaubensbekenntnisse der Urlauber zur Grundlage seiner eigenen Besserung zu machen. Reiseführer. Kulturführer. Erlebnisführer. Abenteuerratgeber. Verleihbedingungen. Versicherungsverträge. Franz fühlt, wie sein Urlaub neuen Sinn bekommt. Der schmale Stoffstreifen zwischen den Arschbacken der Nachbarin konnte nicht die Erfüllung sein.

Otmar holt einen Gastronomieführer aus seinem Sicherheitsbeutel hervor. Der doppelwandige Sicherheitsbeutel ergänzt das durch ihn verdeckte Überlebensmesser mit den zahlreichen Funktionen. Otmar wählt eine romanische Kirche für den Nachmittag. Die Tage vergehen und wir haben überhaupt nichts unternommen.

Otmar macht einen entscheidenden Fehler. Er gibt den Führer aus der Hand. Alle lesen nacheinander im Führer und entdecken neue Restaurants in der Umgebung. Das Unheil nimmt streng konservative Bahnen.

Die romanische Kirche wird über staubige Straßen erreicht. Alle schimpfen auf die fürchterlichen Straßen und den fürchterlichen Dreiradtransporter vor ihnen. Absichtlich wirbelt der junge Fahrer des Transporters den fürchterlichen Staub auf. Er verleiht damit seinem Komplex gegenüber hochgezüchteten deutschen Autos Ausdruck. Am Ende der staubigen Feldwege erwartet sie eine Ansammlung von nicht romanischen Schafställen. Otmar liest den Führer noch einmal und hält diesmal die Karte anders. Es ist sehr heiß.

Am Campingplatz hätten wir uns ein kühles Bier holen können. Die Gedanken konzentrieren sich sofort auf das Fehlen von kühlem Bier. Zwangsläufig ist die romanische Kirche versperrt, als die durstige Gruppe das reich verzierte Tor erreicht.

Der Papst und die Einrichtung der Kirchensteuer werden wortgewaltig kritisiert. Der Papst ist ein glücklicher Mann, wenn er durch die Welt reist und die Wogen der Kritik hinter ihm zusammenschlagen, ohne daß er es bemerkt. Hildegard liebt den Papst.

Das Restaurant aus dem Restaurantführer hat den Namen und den Besitzer gewechselt. Die Spezialitäten besitzen keine deutschen Namen. Die ausländischen Speisen mit den ausländischen Namen rauben den Gästen jedes Gefühl der Zuversicht, an diesem Ort einen Genuß zu erleben.

Nicht einmal die Kellner sprechen deutsch.
Einen Schweinsbraten haben die in ihrem Leben noch nicht gesehen.
Kein Kernöl.
Keinen Grammelknödel.
Die Bedienung ist langsam.
In Ungarn haben wenigstens ein paar Kellner gebrochen deutsch gesprochen.

Die Kirchen sperren sie auf, wann es ihnen paßt.
Wenn endlich eine Kirchtür offen ist, verlangen sie noch Eintritt.
Für jedes Surfbrett verlangen sie ein Vermögen.
Einen Haufen Geld für ein Brett aus dem Vorjahr und dann treibt dieses Mistding noch auf das offene Meer hinaus.
Nicht einmal der Rettungsdienst war perfekt organisiert.
Man setzt sein Leben aufs Spiel.
An den Felsen kleben die Seeigel. Kein Mensch macht sich die Mühe, sowas zu beseitigen.

Hinausschmeißen sollte man die Ausländer aus ihrem Ausland.

Endlich haben alle ihr Bier und stoßen kräftig an und sich das Bier in das Hirn. Sie zeigen es den Ausländern einmal so richtig, wie man ein Bier trinkt. Die Ausländer staunen.

Nach einigen Bieren kreisen die zechenden Pilger das zentrale Pilgerthema ein. Alle sind erleichtert, als die Rede endlich auf die Autos kommt.

Das ausländische Benzin ist besser als unser eigenes, sagt Alois.
Deswegen kostet es mehr, sagt Franz. Was nichts kostet, ist nicht viel wert.
Otmar hat einen riesigen Reservekanister im Wohnwagen mitgeführt und fährt noch immer mit Heimatbenzin.
Dann machen wir einen Vergleich, sagt Alois herausfordernd.
Ein Wettrennen, ruft Franz.

Am nächsten Tag fahren alle stundenlang durch die Hitze, bis sie eine geeignete Strecke finden. Der Start verläuft spannender als alle Grandprixstarts der laufenden Saison.

Das Wohnwagengespann Otmars setzt sich an die Spitze, weil Alois in der Aufregung den Rückwärtsgang eingelegt hat. Schließlich führt er den schweren Campingwagen dank des hochwertigen Treibstoffs wieder auf Handbreite an Otmar heran. Anneliese hängt sich aus dem Fenster und behindert den Gegner mit obszönen Gesten.

Als die kilometerlange Gerade in eine Folge von scharfen Kurven übergeht, verliert Otmar die Nerven. Während sein Bremsmanöver den Wohnwagen auf den Randstreifen hinaus versetzt, schießt der schwere Campingwagen mit dem ausländischen Treibstoff an ihm vorbei. Alois weiß, er hat recht gehabt, als er in einer der nächsten Kurven statt der Nerven die Herrschaft über sein Gefährt verliert. Der Wagen stürzt über die Klippen und reiht sich sauber zwischen einem ausgebrannten Lieferwagen und einem geknickten Ferrari ein.

In Zukunft geht Franz mit seinen Freunden nicht mehr in ausländische Restaurants. Sie decken sich untertags in Supermärkten mit internationalen Snacks ein und essen im Fahren. Die leeren Verpackungen werfen sie aus den Fenstern auf die Straße.

Franz ist froh, daß sie nicht mehr in dieses Restaurant gehen. Hildegard hat mit einem ganz gewaltig widerlichen Bayern Blicke getauscht.

## DER GROSSE DURST

Franz hat das Dorf der Anna ausfindig gemacht. Er hätte die Unsicherheit der Suche nicht länger ausgehalten. Ausgelassen öffnet er ein Bier. Seine Freude ist grenzenlos. Er wird sein Ziel im Sturm erreichen. Er öffnet noch ein Bier.

Heute ist ein Biertag, sagt er. Niemand versteht den Zusammenhang. Gesoffen hat er auf dieser Reise jeden Tag. Zu Hause rührt er keinen Tropfen an, erklärt Hildegard.
Heute ist aber ein richtiger Biertag, sagt Franz.
Wenn ein Tag ein Biertag ist, lohnt sich kein Widerstand, sagt Alois. Wären wir über die Klippe gestürzt, hätte ich heute kein Bier getrunken.
Man muß sich überwinden, sagt Franz. Wenn einer ein Ziel hat, darf er sich nicht ablenken lassen. Was auch neben ihm passiert, er darf sich nicht ablenken lassen.
Welches Ziel meinst du?
Ich will es nicht sagen.
Sag es. Wenn wir mit dir feiern sollen, mußt du es uns sagen.
Einen Scheißdreck sage ich euch.
Dann trink dein Bier allein.
Trinke ich mein Bier allein. Euch hat es doch sowieso erwischt an der Klippe.
Deinetwegen hätte ich mich überwunden.
Gib nicht so an, schreit Franz mit trunkener Stimme, du hast nie etwas überwunden. Von Anfang an ist dir alles daneben gegangen.
Wenn du das früher gesagt hättest.
Einmal muß es gesagt werden.
Jetzt, wo es für mich zu spät ist.

Wofür sollte es in deinem Leben zu spät gewesen sein.

Alois redet ganz ruhig. Ich hätte dir eine auf deinen blöden Schädel gegeben. Dein blödes verblödetes Getue hätte ich dir herausgebeutelt. Das mit dem Sportwagen und mit den Weibern. Mit Genuß hätte ich einmal so richtig zugeschlagen. Das hätte ich wirklich nicht versäumen wollen. Das hast du dir doch denken können, daß ich mir das nicht länger anhöre.

Schluß jetzt, sagt Franz. Ein Bier noch, dann muß ich los.

Er sucht nach einem gekühlten Bier. Hildegard hat kein Bier eingekühlt. Hildegard hat kein Bier eingekauft. Franz fühlt ganz genau, wie eine fürchterliche Hitze in seinem Körper hochsteigt und sich in seinen Kopf drängt.

Hildegard!

Franz droht zu verbrennen. Wieder züngeln Flammen von seinem Kopf gegen den wolkenlosen Himmel. Wie ein von der Kette gekommener Stier tobt Franz um den Wagen und das Zelt. Keiner entgeht seinen ausgesuchten Verwünschungen. Jeden Mißstand greift er auf und wirbelt ihn mit seinen Hörnern hoch in die Luft. Die Kinder stehen ihm im Weg. Er trampelt sie nieder.

Wer zwingt mich denn, brüllt er, wer zwingt mich, den Meister Franz, in dieser Wirklichkeit zu leben. Ich kann in vielen Wirklichkeiten existieren. Ich werde es auch an einem anderen Platz zu etwas bringen.

Er kickt die leeren Bierflaschen mit der Fußspitze vor sich her. Ich habe keine Kinder, ich habe keine Frau, ich bin ein freier Mensch. Ich kann tun und lassen, was ich selbst will. Ich kann ein Bier trinken, wenn ich es will. Verdammt in alle Ewigkeit. Es geht auch anders. Eine der Bierflaschen zersplittert an einem Baum. Franz schreit auf wie vom Degen des Torero durchbohrt, als er sich den Fuß an einer Scherbe aufschneidet.

Franz wiederholt alle Argumente für den regelmäßigen Konsum von heimischem Bier während eines Urlaubs. Er vergißt weder Vitamine noch Wirtschaftsförderung, er erwähnt den italienischen Weinskandal, dem Millionen von ahnungslosen Trinkern zu Opfer gefallen sind. Eine heimische Frau hat den Vorrat an heimischem Bier der Länge des Urlaubs anzupassen. Stundenlang macht Franz Hildegard Vorwürfe, daß sie nicht einmal die Grundregeln des Einkaufs und der Bevorratung beherrscht.

Eine Frau in deinem Alter müßte das längst gelernt haben, sagt Franz. Wenigstens auf den Einkauf der Grundnahrungsmittel sollte man sich verlassen können.
Hildegard äußert sich. Als ob du schon jemals verhungert oder verdurstet wärst.
Jetzt bin ich am Verdursten, sagt Franz. Mir brennt das Hirn ganz fürchterlich. Ich verdurste gerade jetzt und du hältst mir Vorträge über die Vergangenheit.
Hildegard äußert sich wieder. Übertreiben war immer deine Stärke, Franz. Wenn es um die Übertreibung ginge, hätten sie dir schon die Krone aufgesetzt.
Das ist es, schreit Franz auf, wenn ich auf das Wesentliche komme, nennst du es Übertreibung.
Du übertreibst doch die ganze Zeit.
Das Bier ist ausgegangen. Was soll daran übertrieben sein. Nicht einmal ausländisches Bier gibt es.
Du hast doch genug.
Stimmt, ich hab genug von diesem warmen Gesöff. Das Bier ist nicht nur zu wenig, es ist auch zu warm.
Otmars Kühlschrank ist überfordert.
Dann kaufen wir uns eben einen eigenen Kühlschrank.

Franz springt auf und fährt los, einen Kühlschrank zu kaufen. Die längste Zeit hat er nicht gewußt, wie er sich von seiner Familie und den anderen lösen könnte.

Er wird in anderen Wirklichkeiten leben. Sie werden staunen. Als er endlich vor Donna Anna steht, entdeckt er einen Schatten von Widerwillen in ihrem Blick. Er entschuldigt sich für alle Taten in seinem früheren Leben und verspricht einen neuen Beginn mit neuen Höhepunkten. Donna Anna ist begeistert. Noch nie hat sie so reine Worte aus einem erwachsenen Mund gehört.

Gemeinsam verbringen sie herrliche Abende. Franz vergißt sein früheres Leben voll schalen Biers vollkommen. Er schwimmt in eisgekühlten Aperitiven und himmlischen Weinen. Im Kaffee wirkt Grappa, der einzige Lärm des Tages ist das Knallen der Spumantekorken. Sie besuchen elegante Lokale mit weiten Terrassen über dem Meer. Die Kellner betrachten Franz von der Seite und verschlingen Anna mit ihren Blicken. Franz fühlt wohlig, wie sehr sie ihn beneiden.

Anna ist längst kein einfaches Mädchen mehr. Die Adresse auf dem Einwickelpapier war nichts als Koketterie. Niemals wäre sie auf den Ertrag händischer Arbeit angewiesen gewesen. Ihre Villa ist weitläufig. Pinien senken ihre Schirme über das flache Dach. Weiche Kissen machen die steinernen Bänke wirtlich. Geheimnisvolle Freundinnen räkeln sich in der Sonne.

Am Anfang steht Franz im Mittelpunkt. Jeden Wunsch liest ihm Anna aus dem unerschöpflichen Gedankenschatz heraus, bevor er ihn noch äußern kann. Anna weiß, was einen Mann in jener seltenen Stimmung erhält, die ihn zum liebenswerten Unterhalter macht. Ihre Berührungen sind reiche Geschenke, die er gern erwidert, wenn auch in unzulänglicher Verpackung.

Die schönen Tage vergehen rasch wie die Kühlung einer Dusche. Franz merkt, wie unnütz er sich zwischen den

Frauen und ihren wichtigen Männern bewegt. Die Männer kommen abends aus der Stadt heraus und agieren mit ihren tragbaren Telefonen. Sie machen Geschäfte. Im Handumdrehen verdienen sie Summen, die sie sofort zu ausschweifenden Einladungen in bestimmte Clubs veranlassen.

Franz beginnt, durch den Garten zu streifen. Er zupft hier und dort an einem Unkraut. War er zuerst begeistert zu jeder Fahrt im großen Alfa Romeo aufgebrochen, findet er jetzt Gründe, warum der Rand eines Beetes unbedingt zu jäten ist. Er besorgt neue Pflanzen. Er versetzt kleine Bäumchen an besser geeignete Plätze. Einmal nennt ihn Anna ihren Meister. Der Meister Franz ist in eine frühere Wirklichkeit zurückgekehrt.

Der Schnitt an seinem Fuß heilt langsam. Täglich humpelt er zur Ordination im Ort. In einem kleinen Vorzimmer wird er von der dicklichen Gehilfin gepflegt. Er hört deutlich, wie sie der Arzt von seinem Drehsessel aus zu sich ruft. Schwester Anna! Den Rest des Tages verbringt Franz am Strand liegend.

Franz liegt auf seinem Badetuch und tut, als ob er eingeschlafen wäre. Er beobachtet aus den Liderschlitzen heraus das Räkeln einer Frau auf dem benachbarten Liegeplatz. Den ganzen Tag lang läßt er sich nicht die geringste Bewegung entgehen. Anna ist die auf dem nahen Badetuch Liegende, die an ihrem Höschen Zupfende, die Sonnencreme Einmassierende. Sein Leben lang ist er eingeschlafen, bevor sich die fremden Frauen erhoben haben. Immer hat er den Moment versäumt, in dem sie ihn mit einem kleinen heimlichen Zeichen zum Mitkommen einladen wollten.

Sein Rücken brennt, als er scheinheilig seinen Oberkörper aufrichtet und scheinheilig scinen Blick über den gesamten Strand schweifen läßt. Scheinheilig winkt er Hildegard und den Kindern zu. Er ruft zu Otmar hinüber, was er von einem Bier hält.

Otmar hat sich Stacheln eines Seeigels eingetreten. Anneliese liegt mit einem Sonnenstich im Wohnwagen und verflucht abwechselnd die Sonne und die Hitze und das Kopfweh. Ihr Sohn sitzt neben dem Krankenbett und liest ihr wunderbare Geschichten vor. Wenn sie tatsächlich einen Sohn hätte, würde sie ihn zu den fremden Mädchen am Strand schicken.

Ein Lautsprecher kündigt die Aktivitäten des nahen Tourismusvereins an. Franz und Otmar werden an einem Workshop mit Admiral Tegetthoff teilnehmen. Wie verhalte ich mich in einer Seeschlacht?

Von diesem Tag an trinken sie ihr abendliches Bier gemeinsam mit den übrigen Kursteilnehmern. Schnäpse werden in zahlreichen Runden in bunter Reihenfolge gekippt. Eigentlich lauter Ärsche, sagt Franz auf dem Heimweg, um Otmars Sympatien für eine Gruppe schwäbischer Historiker zu dämpfen.

## DIE HEIMAT – EINE GROSSE PANIK ERGREIFT DIE GESELLSCHAFT

Franz putzt das Auto. Gelegentlich wirft er einen Blick auf den nahen Strand. Er zieht den Geruch des Pflegemittels durch tiefes Atmen in seinen süchtigen Kopf. Der Wind trägt Spuren von Pinie und Salzwasser herauf. Franz muß den Lappen ganz nahe an seine Nase halten, um in den vollen Genuß seines Lieblingsmittels zu kommen.

Die weiche Paste ist sein Geheimnis. Auf einem Wochenmarkt in Ungarn hat er die Tube spottbillig erstanden. Früher ist Franz oft mit dem Busunternehmen nach Ungarn gefahren. Das Busunternehmen hat für die Angestellten des Magistrats spezielle Reisen veranstaltet. Nach den ersten Erfolgen war der Meister Franz ständig auf der Suche nach dem fliegenden Verkäufer des Pflegemittels. Das Mittel ist speziell auf die Farbe und die Substanz des Lacks am Wagen des Herrn Franz abgestimmt. Gerade diese besondere Rücksichtnahme auf die speziellen Bedürfnisse seines Wagens hat ihn überzeugt.

Franz hat den fliegenden Verkäufer mit den Lackproben und den Beschmutzungsversuchen auf einem anderen Wochenmarkt wieder getroffen. Lange hat er versucht, mit dem Verkäufer in ein tieferes Verhältnis zu treten. Der Verkäufer hat ihn keines Blickes gewürdigt. Der Meister Franz hatte den Eindruck, der Verkäufer mit der heiseren Stimme würde ihn beiseite schieben. Mehrmals drängte sich der bärtige Mann mit der höllisch rauhen Stimme an ihm vorbei, um mit Hilfe eines Feuerzeugs die Wunderwirkung seines Mittels ein für allemal auch dem schwerfälligsten Gaffer begreiflich zu machen.

Beleidigt war Franz einige Schritte gegangen. Er wischte an seinem Ärmel, den ihm der Schreiende durch sein rücksichtsloses Drängen beinahe abgerissen hätte. An diesem Ärmel war ihm dann der Geruch aufgefallen. Sofort drehte er um und drängte sich nun seinerseits an den Verkäufer heran. Die Sucht nach diesem Wundermittel hatte ihn derart unvermittelt gepackt, daß er sich nach der verfügbaren Menge des Produkts erkundigte.

Der Verkäufer hielt inne, sagte Moment, und zuckte mit den Schultern. Leider, rot ausgegangen, rot nur für Ferrari. Franz geriet außer sich vor Verzweiflung. Einmal in seinem Leben verfällt er einer Sucht und gerade diese Sucht soll nicht stillbar sein? Zitternd hinterfragt er den Unterschied in der Mischung für einen roten Ferrari und einen roten Wagen ähnlicher Form mit ebenfalls ganz hervorragenden Eigenschaften.

Der menschenfreundliche Verkäufer verspricht, mit dem Hersteller zu telefonieren. Inzwischen schiebt er den Meister Franz vor sich her und zeigt ihn den Umstehenden mit Hinweisen auf sein Sachverständnis und seine unschätzbare Eigenschaft als Stammkunde. Der Meister Franz fühlt sich erstmals seit vielen Jahren voll gewürdigt und erklärt den ungarischen Kleinbauern bis ins Detail, wie ein herrlicher westlicher Wagen das Leben verschönt, wenn ihn das richtige Mittel zum Verströmen eines brillanten Leuchtens anregt.

Der Verkäufer telefoniert und händigt dem Meister Franz mehrere Großpackungen des für Ferraris speziell entwickelten Mittels aus. Immer wieder fährt er mit seinem Putzlappen unter der Nase des Herrn Franz hin und her, nachdem er dessen Drang registriert hat, an den geputzten Flächen des Vorführwagens auffällig zu schnuppern. Mit dem Hinweis auf die zu erwartende Einstellung der Produktlinie für Ferrari und Gleichwertiges überzeugt er den Meister Franz problemlos von der absoluten Sinnhaftigkeit eines Großkaufs.

Trotz des hohen Preises stellt das Zusammentreffen des Meister Franz mit dem Hüter des letzten Vorrats an wunderbar duftendem Autobalsam eine einzigartige Gelegenheit dar. Franz kauft, bis der Marktschreier ihm den Transport seiner Großpackungen bis zum wartenden Bus gegen ein geringes Kilometergeld zusichert.

Erleichtert verläßt Franz Ungarn. Bei seiner Rückkunft wundert er sich über das Unverständnis seiner Frau Hildegard, der er ursprünglich eine Großpackung besten Parfüms versprochen hatte. Mit großen Käseblöcken und Bergen der wunderbarsten Butter ist sie nicht von dem Verdacht abzubringen, Franz sei das Auto wichtiger als sie. Überhaupt bringt sie dieses Ereignis auf eine Reihe von unbegründeten Verdächtigungen. Sie weigert sich fortan, Franz in der Mitte seines Körpers zu berühren. Erst Jahre später, als die Öffnung des Ostens längst erfolgt ist, gesteht sie ihre Angst vor den Folgen von Verfehlungen ihres Mannes.

Gerüchteweise hat sich herausgestellt, daß ein Teil der sogenannten Einkaufsfahrten in die unmittelbare Nähe eines Etablissements mit roten Vorhängen geführt hat. Sofort wird klar, warum gerade die männlichen Magistratsangestellten den niedrigen Preis der Reisen als nie wiederkehrende Möglichkeit zur Versorgung der Familie mit Grundnahrungsmitteln nicht genug zu loben imstande waren. Schade, daß diese Zeit weit zurück liegt.

Butter, Käse, Salami, Zahnprothesen, Frisuren. Alles wurde den freigiebigen Nachbarn von den Ladentischen gerissen. Die Freigiebigkeit wurde erwidert und von beiden Seiten erneuert. Bald kamen Erzählungen in den Umlauf, die dem Uneingeweihten den Eindruck von Laster zu vermitteln geeignet waren. Hildegard warf ihrem Franz daraufhin allen Ernstes an den Kopf, daß sie sich die Deckung von Grundbedürfnissen anders vorgestellt hätte.

Franz braucht lange Zeit, um den Triumph des Putzmittelkaufs so weit hinter sich zu bringen, daß er sich aus den verworrenen Vermutungen von Ansteckung und Fremdverkehr seitens seiner geliebten Frau Hildegard ein deutliches Bild machen kann.

Immer war ich auf der Suche nach diesem Mittel, sagt Franz.
Otmar putzt neben ihm den Wohnwagen und sagt nichts.
Jede Fahrt war eine Hetzjagd, zu den Abfahrten war ich nie pünktlich.
Otmar sieht auf und sagt noch immer nichts.
Ich habe mir die Seele aus dem Leib gerannt, damit ich das Wundermittel finde.
Es ist auch ihr Auto, das ich damit pflege. Und sie vermutet mich in einem ungarischen Puff. Was soll man dazu sagen?
Otmar putzt weiter.
Was man dazu sagen soll, habe ich gefragt. Franz schreit in Otmars Richtung und wird ihn sehr bald am Kragen fassen und gegen seinen Wohnwagen schleudern, wenn er die Frage nicht rechtzeitig und in der richtigen Weise beantwortet.
Vielleicht hättest du hingehen sollen.
Wohin?
Ins Puff.
Da war kein Puff, nicht einmal eine einzelne Nutte irgendwo an der Straßenecke. Verstehst du denn nicht.

Alles erfunden. Da war nur dieser Markt und die halbleeren Geschäfte. Aus denen haben die das letzte herausgekauft und die Hausfrauen sind wieder abgezogen mit ihren leeren Einkaufstaschen. Denen haben sie an den Hintern gegriffen, bis sie ihnen mit den leeren Einkaufstaschen über den Schädel geschlagen haben.

Otmar holt einen Tiegel mit Lack und einen kleinen Pinsel. Hast du ihr das nicht erklären können?
Was heißt erklären. So oft reden wir nicht über diese heiklen Sachen.
Dann sag ihr, daß es stimmt. Otmar beginnt zu pinseln. Ich war zweimal dienstlich in Amsterdam. Anneliese wollte von dem Haschisch kosten, das ich dort gekauft haben sollte.
Und?
Ich hab mir das Zeug hier von einem Kerl besorgt. Was sollte ich machen.

Was meinst du damit, fragt Franz langsam.
Nichts. Daheim wäre mir das nicht passiert.
Franz beginnt, die Vorzüge der Heimat zu loben. Er neigt zu Vereinfachungen. Daheim hätten wir die Seen, sagt er. Daheim sind wir immer an einen See gefahren. Da war der Schatten von hohen Fichten, einmal haben wir sogar eine Buche gefunden. Im Schatten wirkt das Mittel viel milder ein als es in dieser Hitze hier jemals möglich ist. So geglänzt wie damals hat der Lack nie mehr. Nie mehr, sage ich dir. Franz redet in seiner unangenehmen Art voller Aufdrängungen. Oder willst du etwas anderes behaupten, schnauzt er Otmar plötzlich an.
Es ist, wie du es sagst, der Wald bei uns ist schöner als alle Wälder der Welt.
Die Seen sind schöner als die Seen in der Schweiz.
Die Bergbahnen sind steiler.

Die Bergbauern stutzen die Almen zurecht. Etwas Schöneres als die Heimat kann sich ein Mensch mit unserer Heimat nicht vorstellen.
Franz und Otmar bedauern die Ausländer, die keine so schöne Heimat in der Heimat erwartet. Einige Deutsche, die nebenan ihre Wohnmobile inspizieren, stimmen ihnen zu und loben ihre Heimat ebenfalls über alle Maßen.
Franz erwähnt die Gletscher. Die Gletscher haben nicht einmal die Deutschen in ihrer wunderschönen Heimat.
Die Häuser für die Urlauber. Alles haben sie solid in die Felsen gebaut. Alles ist fest gefügt mit Balkonen voller Blumen daran.
Gegen unser Alpenland sind die anderen Länder armselig mit ihren windschiefen Bungalows. Wo findest du hier ein Hotel mit einer Bauernstube? Wo findest du ein einziges Hotel mit einer einzigen Bauernstube, frage ich. Und bei uns sind alle Hotels voll der herrlichsten Bauernstuben mit allen Hirschgeweihen dieser Welt.
Otmar pinselt und Franz wischt. Die Deutschen inspizieren.
Verwandte wohnen irgendwo in der Nähe, wenn du daheim in einen Ort kommst. Da erwartet dich nicht irgendein Killer von irgendeiner Mafia. Da ist dein Weiterleben nicht die Folge einer angeborenen Faulheit, die ihn am Krümmen seines Abzugfingers hindert.
Freunde erwarten dich, Menschen zum Anstoßen.
In aller Ruhe trinkst du dein Bier.

Auf der anderen Straßenseite toben die Lautsprecher eines Vergnügungsparks. Draußen auf dem Meer ertönt der hundertste Versuch eines Startschusses für die nächste Regatta.
Franz fühlt eine merkwürdige Einigkeit mit Otmar. Am gemeinsamen Verständnis für die Pflege eines Autos kann diese Veränderung nicht liegen. Otmar ist ein Ignorant. Er

kauft seine Pflegemittel im Bastelmarkt. Die Farbe seines Ausbesserungsversuchs hebt sich himmelschreiend von der Grundfarbe ab. Er hat den billigsten Tiegel gewählt. Die Gedanken zur Heimat haben Franz mit Otmar versöhnt.

In Franz steigt eine unendliche Wehmut auf.

Was ist, wenn wir die Heimat nicht wiedersehen?

Was dann ist, habe ich dich gefragt! Franz wirkt aufgewühlt.

Otmar kann sich nicht vorstellen, daß sie die Heimat nicht wiedersehen.

Versuch es, herrscht ihn Franz an. Stell dir vor, dein Leichnam steht vor der Entscheidung. Verscharrt im Ausland oder ehrenvoll bestattet in der Heimat.

Otmar entscheidet sich im Namen seines Leichnams für die Heimat.

Was ist, wenn sie deine Frau verschleppen?

Hör schon auf, sagt Otmar. Wir sind freiwillig in diesen Urlaub gefahren.

Sicher. Aber wenn sie dir das Auto stehlen. Die Kinder ins Ausland verschieben.

Ich habe keine Kinder.

Aber du hättest Kinder haben können. Du wolltest doch Kinder, sagst du immer.

Nicht, um sie ins Ausland verschieben zu lassen. An meinen Sohn würde ich keinen heranlassen.

Wenn dir einer frontal in den Wagen rast. Ein Sattelschlepper voll Chemikalien. Seveso war in Italien, vergiß das nicht.

Laß uns Ansichtskarten schreiben, bevor es passiert, sagt Otmar.

Franz beruhigt sich. Die Idee mit den Ansichtskarten lenkt ihn ab. Allen Bekannten wird er aus einem wunderbaren Urlaub schreiben. Er wird die Zeit nutzen, bevor das Unglück eintrifft. Sie sollen ihn beneiden. Einmal im Jahr geht es ihm besser als allen Bekannten. Den Ansichtskarten werden die Bekannten entnehmen, um wieviel es ihm besser geht als ihnen.

Sie schreiben Ansichtskarten an alle Bekannten. Alle unterschreiben auf allen Karten. Für lange Geschichten bleibt kein Platz. Eine Ansichtskarte ist der Inbegriff von Urlaubsglück. Jedes falsche Wort kann den einmaligen Eindruck einer Urlaubskarte trüben. Grüße aus dem Urlaub, schreibt Franz. Mehr nicht. Nur ein paar Punkte. Jeder kann seine Sehnsüchte in diese paar Punkte hineinlegen.

Schließlich stopfen sie die Ansichtskarten in einen überfüllten Briefkasten. Franz beschimpft die ausländische Post auf das allerabscheulichste. Wütend preßt er Karte um Karte in den immer enger werdenden Schlitz, bis der angerostete Boden des Kastens durchbricht. Ein Schwall von Karten ergießt sich auf den Boden. Franz fühlt sich von den zahlreichen Menschen auf dem Platz beobachtet.

Einige Urlauber beginnen, in dem Papierhaufen zu wühlen. Sie entdecken die Karten, die sie im Vorjahr aufgegeben haben. Hocherfreut nehmen sie die Karten an sich. Die Adressaten waren im Vorjahr noch Paare. Jetzt sind sie geschieden. Der Freund ist längst verschwunden. Die Bekannte von damals ist mit einem anderen verheiratet. Die Wirklichkeiten haben sich verändert.

Alle sortieren die verstreute Post und suchen nach stabileren Briefkästen.

Franz beginnt mit Hildegard einen Streit wegen der Ansichtskarten. Das Risiko einer Trennung erscheint Franz in einigen Fällen ihrer Bekanntschaft zu groß. Er meint, sie hätten diesen Bekannten nicht leichtfertig eine Ansichtskarte schreiben sollen. Hildegard sagt, jetzt bist du völlig übergeschnappt. Franz beharrt auf der unendlichen Gefahr, die von einer zu spät angekommenen Postkarte ausgeht. Ungewollt mischt man sich in den entscheidenden Prozeß einer Beziehung ein. Hildegard wiederholt ihre Bedenken hinsichtlich des Geisteszustands ihres auf immer geliebten Franz.

Das Fernsehen hat dich vollkommen blöd gemacht.

Mehr bleibt einem doch nicht. Wenn man das Fernsehen und das Video nicht hätte...

Wer hat dich dann so blöd gemacht?

Die Augen sind mir geöffnet. Überall gehen die Beziehungen auseinander. Ich kann das jetzt verstehen. Man will neu beginnen. Sich eine neue Chance geben. Eine andere mögliche Wirklichkeit ausprobieren.

Wie geschwollen du reden kannst.

Immer nur Saufen ist zuwenig. Immer nur gut essen. Ein roter Sportwagen. Einmal möchte man zwischendurch das richtige Leben spüren.

Was heißt das richtige Leben spüren? Wenn du damit fremdgehen meinst, habe ich dich verstanden.

Mehr als das. Der Kopf ist voller Gedanken. Ein paar von diesen Gedanken sollen Wirklichkeit werden.

Willst du noch mehr Autobalsam kaufen?

Es gibt keinen besseren.

Neue Videos? Einen größeren Fernseher? Noch mehr ausländische Biersorten?

Heimisches Bier. Wir besinnen uns auf die Werte der Heimat. Wenn diese Reise vorbei ist, beginnen wir ganz von vorn.

In jedem Urlaub hast du das so gesagt.

Diesmal meine ich es ernst. Wenn wir die Heimat nur erreichen.

Wozu sollten die uns hier brauchen? Wir sind hier vollkommen überflüssig. Die bemerken uns kaum. Mir hat keiner an den Hintern gegriffen. Nicht einmal das Auto haben sie uns aufgebrochen.

Eigentlich hast du recht. Nichts los in diesem Land. Die Reiseführer übertreiben ärger als die Tageszeitungen. Und unseren Bekannten hat man noch nie glauben dürfen.

Wir müssen weiter in den Süden. Irgendwann werden wir an ein Ziel kommen.

# DIE WEITE DES MEERES – EIN NEUER STURMLAUF

Bist du zufrieden, fragt Franz.
Wie meinst du das, sagt Hildegard.
Ob du zufrieden bist. Jetzt hast du deinen Urlaub.
Was heißt das, dein Urlaub.
Du willst doch immer in den Urlaub fahren.
Es ist doch das einzige, was man hat im Leben.

Franz und Hildegard sitzen auf ihren Campingsesseln neben ihrem Campingtisch. Das Windlicht flackert. Sie sind allein.

Wir hätten Kinder haben können, sagt Franz.
Zu spät.
Viel ältere bekommen Kinder.
In der Zeitung, sagt Hildegard.
Kinder sind auch nicht lebenswichtig, sagt Franz.

Sie schweigen. Franz öffnet geschickt ein Bier mit dem Griff einer Gabel.
Früher hat Hildegard Franz bewundert, weil er ein Bier mit dem Griff einer Gabel öffnen kann.
Schöner Abend, sagt Franz und schnalzt mit der Zunge.
Schöner Abend hab ich gesagt. Franz schnalzt nochmals mit der Zunge. Er leert das Bier mit leisem Glucksen in einem Zug.
Eigentlich ein Scheißabend, sagt Hildegard, wie die meisten Abende in diesem Leben.
Liebling, sagt Franz, so darfst du nicht reden. Sofort öffnet er ein weiteres Bier geschickt wie immer, um über den erlittenen Schreck hinwegzukommen.
Einmal im Leben hätte ich einen Kurs machen wollen.
Welchen Kurs?

Irgendeinen vernünftigen Kurs, wo vernünftige Leute reden. Wo sie alle Tee trinken und Gemüse essen.
Franz versteht seine eigene Frau Hildegard überhaupt nicht mehr. Er will sie zwingen, die volle Wahrheit über diesen Kurs herauszurücken, weil diese Kurse letztendlich nur die heimliche Aufhetzung der Frauen gegen die Männer zum Ziel haben. Franz weiß immer, woher der Wind weht.
Hildegard beteuert, daß an diesen Kursen auch Männer teilnehmen.
Das müssen Männer sein, sagt Franz und gurgelt den Rest des nächsten Biers hinunter.
Diese Männer verstehen ihre Frauen. Die fahren nicht jedes Jahr an irgendein Meer zum Biertrinken und Pommesfritesessen.
Was sind denn das für Kurse. Haarklein will ich das wissen, was das für lebensrettende Kurse sind.

Hildegard holt ein Programm aus ihrer Reisetasche und drückt Franz Titel und Stichworte der Kurse in das Gehirn, das sofort zum Stillstand kommt.
Da bleibt einem doch das Hirn stehen, sagt Franz.
Möglichkeiten und Grenzen der Aktivierung der Selbstheilungskräfte durch Edelsteine, liest Hildegard.
Bachblüten, Hilfe für die Seele. Selbstbehandlung bei Streß und psychosomatischen Beschwerden.
Die heilende Kraft der Hände. Die fünf Elemente in der Praxis des Qi Gong.
Franz wundert sich über die Dauer seines Gehirnstillstandes.
Meisterschaft im Leben, Gebrauchsanweisung für den Alltag, liest Hildegard. Das hättest auch du einmal im Leben lernen sollen.
Ich bin Meister, Gartenmeister, oder willst du auf etwas anspielen.

Hildegard beachtet ihn nicht und liest weiter. Worte sind Maske. Bewußtheit durch Bewegung. Das Kind in mir will leben. Zurück zu den Wurzeln. Die heilende Kraft der Berührung.
Nie hast du mich berührt, schreit Franz plötzlich. Alles andere war dir wichtiger als ich.
Du hast doch immer von deinem Auto geredet. Wie oft du dein Auto umkreist hast. Dauernd werden diese Pasten auf den Lack geschmiert. Rehleder, Schwamm, Tücher, Schmirgelpapier, Naßschleifpapier. Der größte Kosmetikkoffer ist armselig dagegen. Wie eifrig du immer bist mit deinem Ausbesserungsstift gegen die Lackschäden. Glaubst du denn, mir entgeht das alles?
Franz steht das Hirn wieder völlig still. Mitten im Gehirnstillstand öffnet er ein Bier und versäumt, es sofort hinunterzugurgeln.

## DIE DEFORMATION

Beim Verlassen der Pension hat Franz bemerkt, wie der junge Hausbursche der Frau an der Rezeption einen Wink gegeben hat. In dem riesigen Spiegel hinter der Rezeption hat Franz nicht nur den Genuß der wunderbaren Gestalt dieses Mädchens erfahren, er hat auch untrüglich die ihn betreffende unverschämte Geste dieses Burschen hinnehmen müssen.

Was starrst du das Mädchen an, zischt Hildegard. Du bist nicht mehr zwanzig.
Und ich stecke in diesen blöden kurzen Hosen.
Wir sind im Urlaub. Man zieht sich entsprechend an. Leichte praktische Kleidung, das kannst du wirklich überall lesen.

Franz mag diese Diskussionen überhaupt nicht. Beim Verlassen einer Pension soll man niemals über seine Kleidung sprechen. Sofort erwacht der Wunsch umzukehren und sich endlich so zu zeigen, wie man es in seinen Vorstellungen will. Franz haßt diese praktischen Urlaubshosen und die bunten Leibchen, unter denen sein Bauch hervortritt, als ob er einen Medizinball verschluckt hätte. Er haßt es, in seinem lächerlichen Aufzug diesen jungen Menschen einen Anlaß zum hämischen Grinsen zu bieten.

Du mußt dich damit abfinden, daß du nicht mehr der Jüngste bist.

Daran muß mich niemand erinnern. Ich weiß, wie wir uns verändert haben. Es ist eine einzige Katastrofe, wie wir uns verformen. Alles an uns ist häßlich geworden. Meinst du, es entgeht mir, daß die Haut Flecken bekommt? Das Gesicht ist ein Abbild aller Zwänge und Enttäuschungen.

Es ist ein Wunder, daß wir uns überhaupt noch bewegen können. Alles Zweckmäßige an unseren Körpern ist verdeckt von dieser Fettschicht, die jeden Tag zunimmt, bis sie uns zur Unkenntlichkeit verändert. Es wäre gelogen, wenn man den Augen zugestehen würde, daß sie sich nicht verändert haben. Das ist das Schrecklichste überhaupt. Wie sollte man sich damit abfinden?

Was willst du eigentlich, fragt die Frau. Soll dieser schöne Vormittag mit deinem sinnlosen Ehrgeiz vertrödelt werden. Die wenigen Stunden, in denen die Luft frisch ist, willst du mit deiner hoffnungslosen Wichtigmacherei verpesten. Als ob du nicht auch ein ganz normaler Mensch wärst, der seinem Ende ruhig entgegen geht.

Das ist kein schöner Vormittag, wenn du mich an dieses Ende erinnerst. Kaum hat man ein wenig die Orientierung gefunden, soll man schon dem Ende entgegen gehen. Franz wird sehr heiß im Kopf.

Dein Getue mit den jungen Frauen ist doch eine einzige Lächerlichkeit. Die Frau ist auf den Geschmack gekommen. Ausnahmsweise fühlt sie sich in der Stimmung, ihren Mann mit dem heißen Kopf zu necken.

Franz fährt herum. Die Hitze hat auf seinen Körper übergegriffen. Er meint zu spüren, wie nahe er einem Herzinfarkt ist. Flammen quälen seine Haut von innen. Das Herz hat einen unendlich großen Widerstand zu überwinden, wenn es das Blut in die verengten Adern pressen soll. Franz verwirft zwar die Absicht, die Situation sofort zu verwandeln, aber er verfängt sich in dem Entschluß, nicht länger auf Zufälle zu vertrauen.

Sie haben inzwischen das Auto erreicht. Franz öffnet mit Mühe das immer wieder klemmende Schloß des verhaßten Wagens. Dieser alte rote Wagen stellt ihn mehr bloß als alles andere in seinem Leben. Der Lack ist blaß. Die Formen stammen aus der vorletzten Generation von praktisch gestalteten Modellen. Ein kleiner Schaden wurde nicht mehr ausgebessert. In einem lächerlichen Entschluß hat er vor langer Zeit einen Heckflügel montiert, wie er für Sportwagen üblich ist. Er hat seiner ewigen Angeberei mit dem Aufkleben einer Bezeichnung für besonders stark motorisierte Sondermodelle die Krone aufgesetzt.

Die Hitze seines Körpers erfüllt das Innere des Wagens in einem Moment. Der Himmel verfärbt sich braun und wellt sich aufgrund der Hitze. Franz bezwingt seinen Wunsch loszurasen und fährt sehr ruhig die Hauptstraße des kleinen Ortes entlang. Als die letzten Häuser hinter ihnen sind, und er noch immer nicht losprescht, weiß die Frau, daß sich die Szene diesmal nicht so harmlos abspielen wird. Wie eine Zuschauerin wartet sie ab, was geschehen wird. Eigentlich ist sie froh in ihrer Erwartung einer bedeutenden Wendung. Nicht anders wie in allen Filmen mit der Schlüsselszene auf kurvenreichen Straßen, die den Einschnitten in den felsigen Steilküsten folgen, bringt Franz das Auto an den Rand der befestigten Fahrbahn. Es ist völlig bedeutungslos, ob er die Geschwindigkeit zurücknimmt und selbst im letzten Moment aus dem rollenden Wagen springt, oder ob er direkt vor dem Abgrund parkt und die Sache mit einem mühevollen Anschieben zu Ende bringt.

Selbstverständlich ist es egal, ob der Wagen sofort explodiert, wenn er auf den Klippen aufschlägt. Er könnte auch direkt ins Meer stürzen und in einer Fontäne verschwinden. Selbst wenn die Ironie die Oberhand behalten würde, und der Wagen mit der Bodenplatte auf dem Straßenrand aufsitzend über dem Abgrund pendelnd hängen bliebe, wäre das Wesentliche davon nicht betroffen.

Franz klopft sich den Staub von seinem lächerlichen Aufzug und bedauert, in dieser Situation keinen schicken Anzug getragen zu haben. Wie er dort oben an der Klippe steht, die Haare im Wind flatternd, einen herankommenden Wagen mit einer einzigen Bewegung anhaltend, hat das Brennen in ihm einer großen Zufriedenheit Platz gemacht. Wortlos öffnet die Fahrerin des Wagens die Tür und schließt ihn in die Arme. Die nächste Sequenz zeigt ihn auf dem Weg in ein anderes Land, wo ihn die Wirklichkeit niemals einholen wird.

Auf schnurgeraden Autobahnen entfernt er sich immer mehr aus seiner Wirklichkeit. Der einzige Kontakt zur Außenwelt wird durch die zahlreichen Mautstationen erzwungen. Von Zeit zu Zeit braucht der Wagen Benzin. Letztendlich kann sich Franz auch einen Wagen vorstellen, der lebenslang kein Benzin mehr braucht und eine Straße ohne Anfang und Ende und ohne Unterbrechung. Die Landschaften ziehen vorbei, ohne einen Eindruck zu hinterlassen. Franz ist froh, niemals geheiratet zu haben. Mitten in der Zeit der Ernte fühlt er eine Leichtigkeit, wie sie ihm immer als Traum des Glücks erschienen ist.

In diesem von einem Netz von Autobahnen durchzogenen Land gibt es keine Gerichtscafés. Franz entfährt ein abfälliges Lachen, wenn er an den unwiderstehlichen Drang denkt, der Täter dem Ort ihrer Bestrafung entgegen treibt. Je mehr man sich diesen Orten nähert, desto größer wird das Bedürfnis, Hinweise auszustreuen. Was ist eine Tat ohne Bewunderer?

Ich liebe deine Art, das Lenkrad zu halten, hört Franz seine Beifahrerin sagen. Er nähert seine rechte Hand unverzüglich ihrem Oberschenkel.

Die Art, das Lenkrad zu halten, liebe ich, sagt sie, nicht das Loslassen. Das ist gefährlich.

Ganz kurz bemüht sich Franz, eine Belehrung nicht als unendlich belastend aufzufassen. Die dunkelhaarige Frau mit dem wunderschön geschnittenen Mund besitzt die Größe, die Ermunterung zu weiteren Spenden der körperlichen Liebe in ironische Worte zu kleiden.

Wenn du deine verdammte Hand nicht sofort wieder auf dieses verdammte Lenkrad legst …

Franz zuckt zusammen. Er braucht keine Fragen mehr zu stellen. Er hat verstanden. Wie ein von fundamentalen Bedürfnissen Geplagter beginnt er nach einer Ausfahrt zu suchen. Hinter irgendeiner Ausfahrt wird eine gewundene Küstenstraße auf ihn warten. Er wird die Kurven zügig hinauf fahren und er wird ganz gewiß nicht jene Stelle versäumen, an der die Klippen hinter einer Biegung besonders steil abfallen.

Was suchst du, fragt die Frau, seine alle Träume von einer Begleiterin vereinigende Beifahrerin. Suchst du etwas?

**Bisher sind in dieser Reihe erschienen:**

Rudolf Egger

Der erste Blick

Erzählung

E. Falk

Einzeller

Kurzprosa

Harald Gordon

A. Mork bereitet eine Reise vor

Erzählung

Joachim Gunther Hammer

Scheinwerfer

Gedichte

Wolfgang Pollanz

Von ferne der Tennessee Waltz

Gedichte

Andrea Sailer

Am Ende des Tages

Erzählungen

Friederike Schwab

Briefe an van Gogh

Prosa

Wolfgang Siegmund

Skizzen für eine Windsbraut

Gedichte

Herbert Zinkl

Kreuzfahrt

Gedichte